Jessica Jupiter S'occupe de tout

Jessica Jupiter S'occupe de tout

Melody James

Traduit de l'anglais par Nathalie Azoulai

La Martinière j. FICTION

Premier tome
paru en 2012

Illustration de couverture : Sophie Bouxom

Édition originale publiée en 2012 sous le titre
Signs of Love – Stupid Cupid par Simon & Schuster UK Ltd,
1st Floor, 222 Gray's Inn Road, London, WC1X 8HB

ISBN : 978-2-7324-5622-5
www.lamartinieregroupe.com
www.lamartinierejeunesse.fr

Conforme à la loi n° 49-956 du 16 juillet 1949 sur
les publications destinées à la jeunesse.

1

– Je suis face à un atroce dilemme ! s'écrie Tess en faisant les cent pas sur la moquette de ma chambre. Est-ce que je la joue stylée ou petite fille sage ?

– Mets un truc dans lequel tu es à l'aise, c'est tout, je rétorque en vidant mon sac à dos sur mon lit.

Tess ne se doute pas que j'ai dans mon armoire une grosse surprise pour elle. Je pince les lèvres pour ne pas laisser échapper un sourire.

– À l'aise ? Qui doit être à l'aise ? fait Tess en enroulant rageusement une de ses boucles noires autour de son doigt. Moi, Jeff ou *eux* ?

« Eux », ce sont les parents de Jeff. Ils ont invité Tess à prendre le thé, et ce sera la première fois qu'elle les rencontrera. Elle n'est pas stressée, elle est *archistressée* !

– Tu dois bien avoir quelque chose d'adapté ? dis-je calmement.

– Et comment je sais, moi, ce qui est adapté ? Je ne les connais pas ! Peut-être que leur truc, c'est les corsets et les diadèmes ?

– Tu en as parlé avec Jeff ?

– Tu parles ! Il m'a juste dit d'être moi-même. Comme si je savais qui j'étais !

– Mais tu es Tess !

Ça fait un mois que ma meilleure amie sort avec Jeff, et c'est la métamorphose. De footballeuse de choc, elle est devenue une vraie princesse Disney, bien qu'elle ait toujours dans son sac sa paire de crampons boueux et, dans son casier de vestiaire, son maillot et ses chaussettes qui puent.

– Ça veut dire que tu es fabuleuse et que Jeff a de la veine de sortir avec toi ! j'ajoute.

– Tu crois ? demande-t-elle avec des yeux de chien battu.

– Évidemment ! je m'exclame en me dirigeant vers mon armoire.

Cette fois, je ne peux plus m'empêcher de sourire quand j'en sors un ensemble en tweed vert pâle, avec boutons dorés et épaulettes. La tenue idéale pour rencontrer des parents. Je me suis battue pour l'avoir, à la friperie !

– Ta da da ! Dès que je l'ai vu, j'ai pensé à ton thé chez les parents de Jeff !

Tess retient son souffle, comme si le parfum de pomme pourrie qui émane du tweed l'empêche de respirer.

– T'inquiète ! La vendeuse m'a assuré qu'il sortait du pressing et qu'un coup de désodorisant chasserait l'odeur *illico*.

– Euh… je ne sais pas quoi dire, bredouille Tess.

– Essaie-le !

Je sens bien qu'elle n'est pas emballée par mon ensemble, mais, après tout, on l'habille pour rencontrer des parents, pas pour aller à une rave party.

Pendant que Tess enfile la veste, je sors de ma chambre et lance à maman depuis le couloir :

– On peut avoir des chips ?

Maman discute avec Ben, dans la cuisine. Je les entends rire. Ben a une fibrose pulmonaire et, le mois dernier, on a eu la peur de notre vie quand il luttait pour respirer, dans sa chambre d'hôpital. Mais maintenant il va bien et, chez nous, c'est la fête tous les jours.

– Des chips ? répond maman. Ça vient tout de suite !

Quelques instants plus tard, Ben arrive avec un plateau de chips, de sandwichs et deux verres de lait. Il est trop mignon. Du haut de ses sept ans, il adore se rendre utile et faire le grand.

– Merci, Ben, c'est super gentil, lui dis-je en l'embrassant sur la joue.

Il secoue la tête et redescend en quatrième vitesse. J'adore quand il ressemble à un petit frère normal, qui n'a besoin ni de massages spéciaux ni de médicaments pour lutter contre les infections.

Tess est droite comme un « i » dans son tailleur vert pâle.

– Le but, râle-t-elle, c'est de rencontrer la mère de Jeff, pas de lui ressembler !

C'est vrai qu'elle fait un peu mamie. On dirait une femme politique.

– Pas mal, je bredouille en posant le plateau sur mon bureau.

C'est un mensonge, bien sûr.

– Bon, c'est vrai que ça gomme un peu ta silhouette…

– *Un peu !* Tu veux dire que je n'ai plus de taille. Et puis cette couleur…

– C'est sûr, ça fait un peu plus chou de Bruxelles que ce que je pensais, mais…

Inutile d'en rajouter et de lui dire que la couleur du tweed rend son teint carrément verdâtre.

– On dirait un crapaud ! gémit Tess devant le miroir.

– Oui, mais un crapaud vraiment classe alors. Le genre de crapaud qu'aiment tous les parents.

Elle esquisse un sourire.

– Ça, c'est sûr que c'est chic. Je suis certaine que Georgina Robyn-Earle s'habille comme ça le week-end.

Georgina Robyn-Earle, dite G.R.E., est une terminale. Elle a son propre poney et va skier tous les ans à Pâques, en Suisse.

– Madame Simpson, fait Tess d'un air malicieux en me regardant comme si j'étais la mère de Jeff. Je vous ai apporté de la confiture. Maman a eu tellement de groseilles cette année qu'elle ne savait plus quoi en faire.

Je prends le pot imaginaire qu'elle me tend.

– Oh ! Tess, ma chère, comme c'est gentil ! Je suis si heureuse de vous connaître enfin. Quand Jeff m'a dit qu'il amenait sa petite amie, j'ai eu peur de découvrir une de ces filles qui gesticulent dans les rave parties, comme on en voit à la télé.

Tess écarquille les yeux.

– Quelle horreur ! Je ne suis jamais allée dans ce genre de soirée et je n'irai jamais !

– Vous n'êtes donc pas du genre à fréquenter les festivals ? Vous ne passez pas vos étés sous une tente en vous tressant des dreadlocks, n'est-ce pas ?

– Oh, non ! répond Tess en se retenant de glousser, mais j'apprécie les pique-niques. Il n'y a rien de plus agréable que de manger un sandwich au crabe en regardant une course hippique.

– Faites attention ! je m'écrie alors que Tess s'allonge gracieusement sur mon lit. Vous allez écraser le chihuahua !

J'attrape un oreiller que je me mets à cajoler.

– Mon petit Bubbles chéri ! Il se remet à peine de ce que Jeff lui a fait subir il y a quelques jours. Il l'a pris pour un ballon de foot et a shooté dedans, vous vous rendez compte ? Jeff l'a lancé si fort que ce pauvre Bubbles a atterri trois jardins plus loin, dans la piscine des Robinson.

– Non ! fait Tess en se tenant les côtes de rire. Arrête !

– Pauvre Bubbles !

J'explose de rire à mon tour en imaginant le chihuahua valser dans les airs. Puis je me ressaisis et j'attrape Tess par le bras.

– Allez, stop ! On fait ça sérieusement !

– Quoi ? Lancer un chihuahua ?

– Mais non, notre jeu de rôle ! Comme ça, tu te seras entraînée ! On ne rigole plus, d'accord ?

Tess fronce les sourcils d'un air méfiant.

– T'inquiète, je vais être sympa, je la rassure en me relevant. Ma petite Tess, quel bonheur de te rencontrer ! Jeff ne parle plus que de toi, ces dernières semaines.

– Vraiment, madame Simpson ? s'étonne Tess en faisant mine de me serrer la main.

– Absolument, c'est Tess par-ci, Tess par-là. Mais appelle-moi Mary.

– Elle s'appelle vraiment comme ça ?

– On n'a qu'à dire que oui. Allez, viens donc t'asseoir, dis-je en tapotant le lit. Veux-tu un sandwich, Tess ?

– Je n'ai pas très faim.

– Vraiment ? Une grande fille comme toi ? J'espère que tu es du genre à manger correctement, je continue en prenant un sandwich. Bon, dis-moi : où habites-tu ?

– Dans Mulberry Crescent.

– Ah oui ? À quelle hauteur ? Du côté de Crook Street ou de Tottington Avenue ?

Tess se frotte le nez.

– Ben, disons au milieu.

– Hum… Tu n'as vraiment pas faim ? Les sandwichs sont excellents.

– Non, merci, madame… Mary, se reprend Tess. J'ai mangé avant de venir.

– Jeff ne t'avait pas prévenue que nous dînerions ? C'est curieux, de manger avant.

Tess a l'air gêné.

– Si, mais…

Mon rôle de bonne femme autoritaire et pincée commence à vraiment me plaire.

– Aucune importance, nous donnerons ta part à la soupe populaire. Ils sont toujours preneurs.

– En fait, je suis un peu nerveuse, c'est pour ça que je n'ai pas faim.

– Nerveuse ? Mais pourquoi, ma chérie ? Ne me dis pas que c'est à cause de nous ! Jeff t'a dit que nous étions des monstres ou quoi ?

– Oh, non, pas du tout !

– Parce que, si c'était le cas, il me décevrait beaucoup.

Je vois bien que Tess commence à s'énerver, mais je n'ai pas l'intention de mollir. Je dois la préparer au pire.

– Bon, passons. Il paraît que tu joues au football ?

– Oui, dans l'équipe du collège.

– C'est bien, mais c'est beaucoup de temps et d'énergie passés à te démener pour quelque chose qui ne te mènera nulle part, tu sais ?

Tess me fusille du regard, mais je ne me démonte pas.

– Les filles ne peuvent pas devenir joueuses professionnelles. Tu ferais mieux de te concentrer sur tes études. Ainsi, tu feras une bonne petite secrétaire.

– Une bonne petite secrétaire ? Mais madame… Mary, nous sommes au XXIe siècle ! Les femmes sont avocates, chirurgiennes et chefs d'entreprise, vous savez !

– Je suis contente de voir que tu as de l'ambition, mais une fois que tu seras mariée, tu feras passer ta vie de famille avant tout, n'est-ce pas ?

Tess bondit de rage.

– Bon sang ! Vous ne voulez quand même pas que je fasse la cuisine et la lessive pour votre fils et vos petits-enfants ? Il est hors de question que je finisse femme au foyer !

Je lui lance un regard plein d'innocence.

– Ah bon ? Moi, je dois dire que ça m'a plu, comme carrière.

– Eh bien, pas à moi ! fulmine Tess, les mains sur les hanches. Restez dans votre XIXe siècle si ça vous chante. Si vous voulez une bonne petite femme qui reste à la maison pour votre fiston, oubliez-moi, espèce de vieille mégère !

Ses joues sont rouge pivoine, et ses yeux, pleins de haine. Elle est à mourir de rire.

– Bravo, bravo, ma Tess !

Mais elle plaque sa main sur sa bouche.

– Tu te rends compte de ce que j'ai dit ? J'ai traité la mère de Jeff de vieille mégère !

– Mouais, je serais toi, j'attendrais au moins la deuxième invitation !

– Mais c'est toi qui m'as poussée à dire ces bêtises ! râle Tess. Mme Simpson ne va pas me parler mariage !

– Je voulais juste te préparer au pire !

– Comment je vais faire ? Je vais tout foirer, j'en suis sûre.

– Mais non. Tu seras géniale, Mme Simpson sera gentille avec toi, et vous vous entendrez très bien.

Tess se jette sur le lit et enfouit sa tête dans ses mains.

– Et puis d'abord, pourquoi est-ce que je devrais rencontrer les parents de Jeff ?

– Parce que, pour lui, votre histoire est sérieuse.

Je lui tends un sandwich, dans lequel elle mord en regardant dans le vide. Elle propose :

– Et pourquoi Jessica Jupiter n'écrirait-elle pas quelque chose pour Jeff dans l'horoscope, cette semaine, pour lui conseiller d'être compréhensif si un de ses proches en arrivait à dire un truc idiot ?

– Bonne idée !

Jessica Jupiter, c'est mon *alter ego*. C'est sous ce nom que je signe l'horoscope dans le webzine du collège. La rubrique la plus stupide de toutes, si vous voulez mon avis. Beaucoup moins intéressante que celle de Will Bold, le grand reporter, et que celle de Jeff, qui s'occupe des sports. Même la très ennuyeuse Barbara Tweed, avec ses histoires sans intérêt dans sa rubrique Style de vie, a un meilleur job que moi. Mais, à part Tess et Cindy, personne ne sait que Jessica Jupiter, c'est moi. Heureusement, parce que j'en mourrais de honte. J'ai intégré le webzine pour démarrer ma carrière de journaliste. Ce sera la première ligne de mon CV quand je chercherai un stage dans le journal local, puis quand je postulerai pour un emploi dans un journal national, avant de devenir une grande éditorialiste et de remporter des prix internationaux. Ma tête se remplit aussitôt de ce qui me fait rêver : une grande scène et, devant moi, le public qui m'acclame tandis qu'on me remet le prix du Journaliste de l'année.

Tess me tend un verre de lait.

– Heureusement que nous avons Jessica. Sans elle, Jeff n'aurait jamais remarqué le numéro de mon maillot, déclare-t-elle.

C'est Jessica, en effet, qui avait prédit à Jeff que le numéro 10 allait changer sa vie. Il l'avait alors remarqué sur le maillot de foot de Tess après qu'elle avait fait gagner son équipe à la finale de la coupe. Du coup, il lui avait demandé de sortir avec lui. Jessica avait marqué un point ce jour-là et, moi, j'avais été ravie d'aider ma meilleure amie à avoir le garçon de ses rêves.

J'ai pratiquement terminé l'horoscope de cette semaine, sauf Cancer et Poissons. Jeff est Cancer, donc je sais quoi écrire mais, pour les Poissons, ça va être plus compliqué.

– Je suis bloquée sur le signe de Savannah, dis-je en soupirant.

– Poissons ?

– Je voudrais la prévenir.

– Pour Leo ?

Je hoche la tête et bois une gorgée de lait.

– Tu crois que je devrais m'en mêler ? On se trompe peut-être, sur Leo ?

– On ne s'était pas trompées sur Josh, non ?

– Non, c'est vrai.

Josh, c'est le dernier petit ami de Savannah. Quand je l'ai vu embrasser Chelsea Leeson derrière le hangar à vélos, je me suis servie de l'horoscope de Jessica pour mettre en garde Savannah.

– Ne sois pas trop dure avec Leo, me conseille Tess. Contente-toi de dire qu'il doit être à la hauteur de sa réputation.

Leo est en troisième. C'est un nouveau qui débarque d'Amérique. On le traite comme un dieu à Green Park et il ne rate jamais une occasion de faire savoir qu'il a été mannequin, alors qu'il a juste posé dans des catalogues et dans une pub pour des croquettes pour chiens. Mais il se pavane dans les couloirs comme s'il avait fait les plus grands défilés de New York ! Sans compter qu'il passe son temps à reluquer son reflet dans les fenêtres et les portes vitrées. Je me demande ce que Savannah lui trouve… C'est sûr, il est beau gosse, mais il le sait tellement que ça gâche tout.

– Pourquoi est-ce qu'elle ne sort pas avec Marcus ? Ça fait des mois qu'il bave devant elle, et il est tellement plus sympa !

– Oui, mais Savannah a décidé de ne sortir qu'avec des troisième.

– C'est plutôt rare qu'une fille de quatrième intéresse un mec de troisième.

– Jeff s'est bien intéressé à moi, observe Tess.

– Oui, et tu nous as redonné espoir à toutes.

Être en quatrième, ça craint vraiment. En général, les gens de troisième ne nous calculent pas. Je suis bien placée pour en parler : au webzine, ils sont tous en troisième, et la plupart du temps ils ne me voient même pas. Quand ils se rappellent que j'existe, ils me refourguent tous les trucs idiots à faire. Le seul qui ne me regarde pas comme une illettrée, c'est Sam Baynham, qui écrit la rubrique musicale. À mon avis, il a surtout pitié de moi, depuis qu'il sait que Ben est malade.

Tess vide son verre à grand bruit et m'arrache à mes pensées.

– Alors, qu'est-ce que tu vas écrire pour Savannah ? Euh, désolée… qu'est-ce que Jessica va écrire ? Est-ce qu'elle va lui ouvrir les yeux ?

– Elle va essayer…

À l'idée de passer encore tout un trimestre sur cette rubrique, j'ai la nausée.

– Mais je ne pense pas pouvoir encore aider longtemps les gens *via* l'horoscope, je poursuis.

– Pourquoi ?

– Parce que j'ai un plan, je lui annonce en attrapant un autre sandwich. Je vais faire sortir Jessica de ma vie une bonne fois pour toutes.

2

Après avoir traversé la cour dans le froid glacé de mars, je suis bien contente d'entrer dans la classe. Ryan Edwards dessine des caricatures sur la vitre embuée tandis que Chelsea est perchée sur le radiateur. Josh passe son bras autour de ses épaules maigrichonnes.

– Hé ! Chelsea, s'écrie Anila, tu vas avoir le feu aux fesses !

Chelsea lui tire la langue et se blottit un peu plus contre Josh.

Les yeux fixés sur Savannah, je murmure à Tess :

– Ils pourraient au moins se bécoter discrètement !

Mais Savannah ne semble pas leur en vouloir. Elle a l'air ailleurs.

– Leo porte un jean taille basse. On voit qu'il est mannequin. Il est trop canon, soupire-t-elle. Tu sais qu'il conduisait la Cadillac de son père quand il était en Amérique ? Il doit penser qu'on est tous des ringards, à Green Park.

Tess hausse un sourcil.

– Ouais, c'est ça…

Mme Davis entre dans la classe et ouvre le cahier d'appel.

– Bonjour, tout le monde, claironne-t-elle. Quel temps de chien, aujourd'hui !

– Je n'avais même pas remarqué, fait Savannah, l'air toujours rêveur.

Ça m'embête de contrarier Savannah. C'est une fille si gentille, et si belle avec ça. Elle peut porter n'importe quoi, tout lui va. Elle a une peau magnifique et n'a jamais le moindre bouton. Et, surtout, elle est attentionnée et c'est vraiment une super-amie. Tess et moi, on a de la chance de l'avoir. Son seul défaut, c'est d'être aveugle quand il s'agit des garçons. Elle est si sensible aux beaux gosses qu'elle confond les zéros et les héros.

– Tu ne vois pas qu'il n'aime que lui-même ? lui dit Tess tout à trac.

Mme Davis commence l'appel.

– Ce n'est pas parce qu'il est beau qu'il est bête, répond Savannah en reniflant devant son petit miroir de poche. Je ne vois pas pourquoi tu es si dure, Tess. Tu as Jeff, non ? C'est bien la preuve qu'on peut réaliser ses rêves.

– Oui, mais Jeff est sympa, lui, je fais remarquer.

– Et qu'est-ce qui te fait penser que Leo ne l'est pas ?

Elle a raison, je n'en ai aucune preuve. En revanche, j'ai de l'instinct. Mais pour une bonne journaliste, l'instinct ne signifie rien. Seuls les faits comptent. Si seulement j'arrivais à lui prouver que ce type est creux ! Un gros titre me traverse soudain l'esprit :

Révélations sur le beau gosse du collège

Leo, un nouveau de Green Park, avoue dans une interview de Gemma Stone qu'il ne connaît le nom d'aucun des gens de sa classe. « Je ne savais pas que les Anglais avaient de vrais noms. J'ai l'habitude de les appeler par le premier mot qui me passe par la tête, au hasard. Comme ils ne réagissent jamais, je croyais vraiment être le seul à avoir un prénom. »

– Gemma Stone ?

La voix de Mme Davis me ramène sur terre. Elle me cherche du regard.

– Gemma ?

– Présente !

– Anila Zajmi ?

Elle finit l'appel et démarre le premier cours de la matinée.

Quand la sonnerie retentit, Savannah bondit comme un ressort. Elle entraîne Tess avec elle.

– Hé ! attendez-moi ! je m'écrie.

On passe devant Marcus, qui déshabille Savannah du regard. Il lui a demandé de sortir avec lui le mois dernier, mais elle a choisi Josh et n'a plus posé les yeux sur lui depuis, alors qu'il est dix fois plus mignon que Josh. Tess cherche à dégager son bras de l'emprise de Savannah.

– Pourquoi tu es si pressée ? demande-t-elle.

– Parce qu'on a du chemin ! explique Savannah, qui, au lieu de prendre à droite en direction du cours d'anglais de Mme Davis, se dirige vers les labos de sciences, à gauche.

Tess me lance un regard désespéré, comme si on la kidnappait.

– C'est quoi, ce marathon ? dis-je à Savannah.

– C'est pour brûler des calories, glousse-t-elle.

Je finis par comprendre où Savannah nous emmène quand j'aperçois Leo adossé à la porte d'une salle de sciences. Il regarde les gens de sa classe entrer ou, plutôt, il les regarde le regarder. Toutes les filles le reluquent d'un air béat. On dirait un fermier qui compte ses bêtes. Et sans un sourire avec ça.

Soudain, Savannah a disparu.

– Vite, Tess, il faut qu'on l'empêche de faire une bêtise !

– Gem, elle va devoir faire la queue comme tout le monde, on a le temps.

Mais Savannah s'est plantée devant Leo et le regarde, l'air transi.

Je lui tape sur l'épaule.

– On va être en retard en anglais.

– Attends, supplie Savannah. Ça vient à peine de sonner.

Tu parles ! Le couloir s'est complètement vidé.

– Il ne t'a même pas remarquée, enchaîne Tess.

Leo est, comme toujours, en train d'examiner son reflet dans la porte vitrée et de repositionner sa mèche.

– Allez, Sav, on y va !

Je me retourne et tombe nez à nez avec Sam.

– Tiens, salut, Gemma, fait-il en me fixant de ses beaux yeux bleus avec cet air de beau gosse qui s'ignore.

Si seulement Leo pouvait en prendre de la graine, Savannah aurait alors une chance de ne pas souffrir.

– Salut, Sam, c'est ta classe ?

– Oui, cours de physique, pas mal pour commencer la semaine.

Je ne savais pas qu'il était du genre scientifique.

– Je croyais que tu n'aimais que la musique.

– Non, j'aime bien tout ce qui me connecte au rythme de l'Univers, ironise-t-il.

J'entends Savannah qui glousse derrière moi, et je redoute le pire : c'est son rire de dragueuse. En me retournant, je la vois faire son numéro à Leo.

– Ça va, Leo ? demande-t-elle.

Tess lève les yeux au ciel.

– Ah, salut… répond distraitement Leo. On se connaît, non ? Tu t'appelles… euh… Toundra ?

Sam lui donne un coup de coude.

– C'est Savannah, crétin !

Leo se gratte le nez.

– Je savais bien que ça avait un rapport avec la végétation.

Savannah ne le quitte pas des yeux tandis qu'il entre dans la classe, et Sam secoue la tête.

– Il n'a pas inventé la poudre, celui-là ! se moque-t-il.

– C'est le moins qu'on puisse dire, renchérit Tess.

– Je croyais que toutes les filles de Green Park faisaient partie de son fan-club, reprend Sam d'un ton goguenard.

– Tu plaisantes ! Il croit que le football vient d'Amérique !

Les yeux de Sam pétillent de malice.

– C'est sûrement le décalage horaire qui le fait délirer. Tu viens à la réunion du webzine de ce midi, Gemma ?

– Oui, je dois commencer à travailler sur mes…

Heureusement, je m'arrête à temps. J'ai failli vendre la mèche et dire que j'écrivais l'horoscope…

– Sur les… euh… les recherches que je fais pour Cindy… Un truc sur… euh… le rouge à lèvres.

Cindy me demande toujours de tester du maquillage pour sa rubrique. C'est sa façon de garder le secret sur mon vrai boulot. Elle raconte partout que je suis assistante éditoriale pour le webzine, alors qu'en réalité je suis son cobaye. En attendant qu'un militant pour les droits des animaux me libère de ma cage.

– Ah oui ! Et qu'est-ce que tu dois tester cette semaine ? s'enquiert Sam.

– Le gloss Rubis Intense, dis-je rageusement.

Sam pousse la porte de la salle de sciences et me lance, avant de disparaître :

– Il y a des filles qui n'ont pas besoin de se maquiller.

Il pense sûrement à Cindy. Elle se maquille comme une voiture volée, mais elle serait cent fois plus belle sans maquillage avec ses yeux bleus, ses lèvres rosées et ses pommettes saillantes…

– Tu as entendu ? s'écrie Savannah en me prenant le bras. Il m'a parlé !

– Qui ça ?

– Mais Leo ! Tu n'as pas entendu ?

– Il t'a appelée « Toundra » ! ricane Tess.

– Et alors ? Tu as vu comment il m'a regardée, Gem ?

Elle est complètement envoûtée.

– Il ne se souvenait même pas de toi, lui dis-je.

– Bien sûr que si ! Toundra, c'est proche de Savannah, insiste Sav.

– Va expliquer ça à un pingouin !

On arrive enfin devant notre salle. À travers les fenêtres, je vois Mme Davis arpenter l'allée centrale, un livre à la main. Ryan somnole à sa place tandis que Sally Moore fait des signes à Anila. Le cours a bel et bien commencé.

J'ouvre la porte. Mme Davis nous décoche un regard sévère.

– Nous sommes très honorés de votre présence, déclare-t-elle ironiquement.

– Désolée, madame, dis-je en me glissant à ma place.

Tess s'assoit à côté de moi tandis que Savannah s'installe au fond de la salle d'un air songeur. Je n'arrive pas à croire que Leo l'ait transformée en cruche absolue. Je sors mes livres de mon sac en priant pour trouver quelque chose qui la sorte de cette folie.

3

J'écris l'horoscope de Savannah dans ma tête tandis que je me rends à la réunion pour le webzine. Le premier cours de l'après-midi commence dans vingt minutes. J'ai mis un temps fou à m'échapper de la cafétéria, parce que Savannah m'utilisait comme paravent pour regarder, sans se faire remarquer, Leo manger ses sushis. Il se servait de baguettes, ce qui a rendu Savannah totalement hystérique.

– Il est tellement cool !

Si « cool » signifie « abruti », alors elle est dans le vrai.

La rédaction du webzine est située au premier étage du lycée, dans l'ancienne réserve. On s'y croirait, avec nos six bureaux garnis d'ordinateurs. Il n'y a personne pour le moment. Où sont les autres ? C'est le jour du bouclage et je m'étonne d'être la seule à ne pas avoir fini mon papier. Seraient-ils tous en extase devant Leo, ses sushis et ses baguettes ? Un article surgit dans ma tête.

Massacre en salle de rédaction

Toute l'équipe du webzine de Green Park a été foudroyée aujourd'hui par le génie d'un nouveau venu. Leo Kennedy, fraîchement débarqué des USA, a mangé ses sushis avec des baguettes ! Alors que nous, pauvres Anglais, en sommes encore à l'ère des fourchettes et des couteaux, sa dextérité a plongé toute l'école dans une hystérie sans précédent.

La rédactrice en chef du webzine, Cindy Jensen, a été la première à succomber. Will Bold s'est effondré quelques minutes plus tard, dans des convulsions dont on ignore encore la cause : admiration ou mépris ?

La vieille pendule de la salle égrène les quelques minutes qui me restent. J'interromps mon monologue intérieur. La salle sent bon le papier et le bois, une odeur que j'imagine être celle de toutes les salles de rédaction avant l'arrivée des nouveaux moyens de communication. Je m'assois devant l'ordinateur le plus rapide, contente que Will ne soit pas là car il se débrouille toujours pour l'accaparer. Et, en deux secondes, me voilà dans la peau de Jessica Jupiter en train d'écrire l'horoscope de Savannah.

Poissons. Votre signe est le plus idéaliste de tous, mais attention aux yeux de merlan frit qui sont parfois les vôtres. Avant de plonger dans une nouvelle histoire d'amour, évaluez bien la profondeur des eaux. Ne prenez pas la première sardine venue pour votre Prince charmant.

Ce n'est peut-être pas comme ça que je vais ferrer Savannah. Quand elle est sous le charme, il faut se lever de bonne heure pour la réveiller. Mes doigts courent sur le clavier. J'ai cessé de me ronger les ongles depuis que je suis Jessica, car je trouve qu'elle mérite mieux que des moignons, mais ce n'est pas l'envie qui m'en manque.

Et, tout à coup, j'ai trouvé ! Je dois pousser Marcus à demander de nouveau à Savannah de sortir avec lui. Ça lui changera les idées et, après tout, un vrai rendez-vous vaut mieux que deux tu l'auras. Je n'ai pas beaucoup d'expérience, mais ça me semble logique. Pour ça, je dois trouver sur Facebook la date d'anniversaire de Marcus. Mais soudain, la porte de la salle grince.

– Hello, Gem !

C'est Sam.

– Tu as entendu la nouvelle ? me demande-t-il.

– Non, quoi ?

Sam s'assoit sur le bureau qui fait face au mien.

– C'est au sujet de mon groupe. On va passer le vendredi au Sounds.

– Wouah !

Pas étonnant qu'il soit si content. Le Sounds est une boîte de la ville. On doit normalement avoir dix-huit ans pour y entrer mais, il y a deux semaines, ils ont annoncé qu'ils organiseraient une séance spéciale pour les quatorze à dix-huit ans tous les premiers vendredis du mois. Et pour le lancement, ce mois-ci, la séance aura lieu tous les vendredis jusqu'à minuit.

– C'est génial ! dis-je.

– Oui, approuve-t-il en se cachant derrière sa frange blonde comme s'il n'y croyait pas lui-même.

– Je suis vraiment contente pour toi, tu le mérites.

– Merci.

Je reviens à mon écran, mais ma recherche sur Marcus n'a rien donné. Je me rends compte qu'au lieu d'entrer le nom de Marcus dans la case « Rechercher » je l'ai publié en statut sur ma page.

Zut de chez zut ! Je dois effacer ça au plus vite ! Mais au même instant, Cindy fait son entrée.

– Je dois vous dire un mot avant la sonnerie, annonce-t-elle tout à trac.

Will arrive à son tour et m'arrache la souris.

– Comme c'est gentil, Gemma, de l'avoir allumé pour moi.

– Mais... mais... je bégaie.

– Désolé, fait-il en m'obligeant à lui laisser mon siège. Tu iras sur Facebook plus tard. Moi, j'ai du boulot !

Je le fusille du regard.

– Ben quoi ? C'est mon ordinateur, tu le sais, non ?

– Will, s'interpose Sam, les ordis appartiennent à tout le monde, ici.

– Elle n'a qu'à en prendre un autre, alors, répond Will.

– Attention ! commence Cindy de son air de maîtresse de maternelle. C'est le jour du bouclage, et je n'ai reçu aucun papier. Je les veux tous pour ce soir parce que, ensuite, je dois tout relire avant la publication de mercredi. Et c'est un gros boulot.

Je ne l'écoute que d'une oreille, obsédée par l'idée d'avoir mis Marcus sur mon statut. Tout le monde va penser qu'il me plaît !

Je me rue sur l'ordinateur d'à côté.

– Gemma ? m'interpelle Cindy en tapant du pied. J'espère que tu as fait les tests pour le gloss.

Vite, plus que deux minutes avant la sonnerie !

Les yeux de Will s'allument.

– Alors, toi non plus, Cindy, tu n'as pas fini ton papier ?

– Non, j'attends les infos de Gemma.

Cindy parle en langage codé pour savoir si j'ai fini l'horoscope mais, pour l'instant, tout ce qui m'importe, c'est de démarrer ce fichu PC.

– Tu ne peux pas te débrouiller toute seule ? insiste Will. Le maquillage, ça te connaît, non ?

Je tape mon mot de passe mais, au même moment, la sonnerie retentit.

Non !

– Bon, on se retrouve tout à l'heure, fait Sam en partant.

Je ne lui réponds même pas.

Vite !

Will éteint son PC et s'en va aussi. Cindy lui décoche un regard mauvais puis se tourne vers moi.

– Allez, on y va.

– Une petite seconde, je supplie.

– Non, *tout de suite.*

Et voilà qu'elle éteint l'interrupteur de l'ordinateur. Mon écran devient noir.

– Mais pourquoi as-tu fait ça ?

– Parce que si on arrive en retard en cours, ils vont arrêter le webzine, explique-t-elle.

J'inspire un bon coup. La Reine des glaces vient de me pourrir la vie une fois de plus, mais pas question de lui montrer quoi que ce soit. J'attrape mon sac, je me lève calmement en imaginant mille et une façons de la faire souffrir.

J'arrive au cours de maths dans un état de rage avancée. Je ne pourrais pas changer mon statut avant la fin de la journée et si quelqu'un le voit, je suis cuite. La tête basse et les larmes aux yeux, j'entre dans la classe. Tess est déjà installée. Je m'assois près d'elle, rouge de colère.

– Qu'est-ce que tu as ? demande-t-elle.

– J'ai fait n'importe quoi sur Facebook. Je cherchais le signe de Marcus et j'ai accidentellement publié son nom sur ma page.

– Mais tu l'as effacé ?

– Non ! Cindy a débarqué, Will m'a pris le PC et ça a sonné !

Tess se mord la lèvre et essaie de me consoler :

– Tu le changeras tout à l'heure.

Je reprends espoir en me disant qu'après tout tout le monde est en cours et que personne n'ira sur Facebook avant la fin de la journée, quand j'aperçois Ryan et Marcus en train de regarder leur téléphone sous la table. La page blanc et bleu de Facebook s'affiche et Ryan se retourne vers moi, hilare.

– Oh non ! ils l'ont vu ! je gémis.

Marcus me regarde, mais je me plonge dans le livre de maths, les joues en feu. Il va penser que je suis folle de lui !

Le temps ne passe pas. Les deux heures de maths s'étirent comme un interminable chewing-gum, quand enfin retentit la sonnerie de la fin d'après-midi. Je bondis hors de la salle, gravis les marches deux à deux jusqu'à la salle du webzine et, quand j'arrive, les six PC sont déjà occupés.

– Comment avez-vous fait pour être déjà là ? dis-je, hors d'haleine.

– Salut, Gemma, fait Barbara. Tu sais, c'est l'avantage d'être en troisième, on a le droit de finir plus tôt quand on est en plein bouclage.

– Bouclage dans deux minutes, annonce Cindy.

Will tape à toute allure.

– Cinq ! Je dois finir mon paragraphe.

Jeff s'arrête de taper et réfléchit.

– Jeff, s'il te plaît, tu me prêtes ton PC une minute ?

– Désolé, Gem, je dois finir mon compte rendu, je n'en ai plus pour longtemps.

– Tu ne peux pas attendre d'être chez toi pour aller sur Facebook ? s'énerve Will.

Je me retiens de lui jeter mon sac à la figure.

– Non, j'ai un truc important à faire !

– Je me demande bien quoi, tu n'es qu'une assistante.

Ces mots me rendent folle de rage. Attends un peu, Will Bold ! Tu vas voir de quoi je suis capable !

– Tu veux le mien ? propose Sam.

– Oh ! merci, Sam, tu me sauves la vie.

Cindy s'éclaircit la gorge.

– Bon, j'espère que tout le monde a fini.

Will tape un dernier mot puis s'adosse à son siège.

– Terminé, déclare-t-il, content de lui.

Non !

– Alors, on y va, dit Cindy en faisant rouler sa chaise au milieu de la salle.

– J'ai le temps de faire une dernière correction ? je demande en fixant l'écran de Sam.

Cindy me lance un regard polaire.

– On a tous un bus à prendre, Gemma, tu veux vraiment nous mettre en retard ?

Tous les yeux se tournent vers moi.

– Non, bien sûr que non, je réponds.

– Alors, prends une chaise, conclut Cindy.

Mon cœur pèse trois tonnes. Je m'assois près de Dave. Tandis que le monde s'écroule autour de moi, Cindy commence son passage en revue.

Cette réunion est partie pour durer une éternité. Tous les élèves vont rentrer chez eux, prendre leur goûter, consulter Facebook et y aller de leurs commentaires assassins.

4

– Bien, alors, qu'est-ce qu'on a cette semaine ? Dave ?

Dave Senior remonte ses lunettes sur son nez et se lance :

– Avec Phil, on a chroniqué le dernier *Space Cops*.

Sam sourit.

– J'y ai joué, c'est génial. Quelles armes !

– Oui, et le scénario est très bien construit, poursuit Phil. On ne meurt pas dès la première mission et, à la troisième, on a toujours envie de jouer.

Barbara cligne des yeux comme une chouette mécanique.

– Toute cette violence ne vous gêne pas ? demande-t-elle.

Phil la regarde d'un air ahuri.

– Ben non, c'est un jeu !

Sam y va de son commentaire sur les pièges et Phil sur la façon de les éviter.

– D'accord, d'accord, les interrompt Cindy, on a compris. Combien de mots as-tu utilisés, Dave ?

– Six cent cinquante-deux.

– Parfait, dit-elle en prenant des notes sur son cahier. Et toi, Jeff, quels événements as-tu couverts, cette semaine ?

– Le rugby, la compétition de natation des terminale et le volley des quatrième.

– Super, approuve Cindy en prenant encore des notes avant de se tourner vers Barbara. Et toi, Barbie, j'espère que tu nous as encore régalés d'une belle chronique Style de vie.

Je bous de colère. Les papiers de Barbara sont si ennuyeux qu'à chaque fois mes yeux me brûlent de sommeil. Je pourrais faire tellement mieux, avec par exemple : *Les désordres alimentaires : les cinq signes avant-coureurs* ou *Dix façons de décrocher le job de votre vie* ou encore *Les mille et une raisons de renvoyer les seconde à la maison.* Barbara n'a eu cette rubrique que parce qu'elle est la meilleure amie de Cindy. Elles sont inséparables depuis la maternelle, bien que Cindy ait l'air de sortir de *Vogue* et Barbara d'une friperie. Je les imagine toutes les deux en train de se raconter leurs petits secrets dans la chambre rose de Cindy.

– Barbie, ce serait tellement génial si tu nous pondais un papier super ennuyeux, cette semaine.

– Cindy, je crois que j'ai une super-idée.

– Encore pire que ce que tu as fait la semaine dernière ? À faire mourir d'ennui tous nos lecteurs ?

– Oui, oui, bien pire, confirme Barbara. La plus insupportable de toutes.

Je laisse tomber mon petit scénario en apercevant Barbara recouvrir ses genoux de son horrible jupe marron. Avec ses collants pleins de peluches, je suis sûre qu'elle adorerait le petit ensemble en tweed que j'ai acheté pour Tess.

– Cette semaine, je me suis concentrée sur les relations humaines, annonce fièrement Barbara.

Serait-il possible qu'elle ait écrit un truc intéressant, dans le genre *Les dix secrets qu'il faut connaître pour embrasser* ou *Premier rendez-vous : jusqu'où faut-il aller ?*

Barbara sourit de toutes ses dents et déclare :

– Les profs sont nos amis.

Cette fille est une martienne ! Pas étonnant que Will éclate de rire. Cindy lui décoche un regard noir.

Sam se gratte la tête, perplexe.

– Je ne vois pas comment les profs pourraient être nos amis.

Barbara fait des yeux ronds.

– Et pourquoi ne le seraient-ils pas ? Ils se mettent en quatre pour nous et nous ne nous en rendons pas compte. Si c'était le cas, on pourrait obtenir encore plus d'eux et de notre scolarité.

– Attends, tu es sérieuse ? lance Will.

– Parfaitement.

Barbara n'est peut-être pas la plus jolie fille du lycée, mais elle assume toujours ce qu'elle pense ou ce qu'elle ressent. Pour ça, je l'admire.

– Barbara, ça a l'air super, j'ai hâte de te lire ! s'exclame Cindy. Et toi, Will, qu'est-ce que tu as cette semaine ?

– Un truc solide, comme d'habitude, répond-il en croisant les jambes. Mais inutile de rentrer dans les détails, ça vous ennuierait.

Cindy se force à lui sourire.

– Ne t'inquiète pas, si c'est ennuyeux, je saurai arranger ça, déclare-t-elle.

– Pas question ! rugit Will. Je ne veux pas que ta guimauve abîme ma prose.

– Du calme, William, dit Cindy. Raconte-nous, on a hâte de t'entendre.

– Ça parle de révisions.

– Chouette, fait Barbara, tu nous donnes des trucs pour mieux réviser ?

Will ne la regarde même pas.

– Je parle du danger qu'il y a à trop réviser. Je me suis appuyé sur des études médicales et j'ai pris plusieurs cas en exemples.

– Passionnant, commente Cindy.

Will se redresse et prend un air arrogant.

– Et toi, Cindy, qu'est-ce que tu as écrit ?

Elle relève le menton, et plus personne ne bouge.

– J'ai écrit quelque chose sur les rapports entre l'alimentation et la laideur.

Bon sang, je crois que Will va la pulvériser si elle dit un mot de plus.

– Je savais qu'on pouvait faire des régimes pour maigrir mais pas pour embellir.

– Eh bien, si, rétorque Cindy. Une bonne alimentation est source de beauté. Grâce aux légumes crus, par exemple, on peut avoir un visage et un corps de top model.

Je me cache derrière mes cheveux mal défrisés. Si ce qu'on mange affecte notre apparence, elle doit penser que je ne mange que des cochonneries.

– Tu devrais faire une campagne d'affichage à la cafétéria, continue Will. Ce serait bien qu'on ait plus de top models à Green Park.

Je le déteste. Pour lui plaire, il faut être mannequin ou rien. Mon futur petit ami, lui, devra m'aimer pour mon esprit.

Mais qu'est-ce que je raconte ? Ce serait génial que les garçons me trouvent canon malgré ma tignasse bouclée et mes taches de rousseur, mais je rêve !

– Il est tard, déclare Sam en regardant la pendule. Tu veux savoir ce que j'ai fait et, comme ça, on en aura fini pour aujourd'hui ?

– Je te gardais pour la fin, minaude Cindy.

Sam essuie ses paumes sur son pantalon.

– Je suis allé écouter un nouveau groupe, Les Nains Enragés.

– Génial, dit Cindy en suçant son stylo.

– Un super-groupe, poursuit-il. Bonne ambiance. Et j'ai aussi fait le top 10 des téléchargements, en ajoutant mes commentaires personnels. Mais bon, c'est mon avis, on n'a pas tous les mêmes goûts.

– Ça a l'air super, Sam, je suis certaine que nos lecteurs vont a-do-rer !

– Sûrement plus que tes recettes de beauté pour moches désespérées, ajoute Will.

La jolie Cindy se transforme en tigresse sous nos yeux.

– Au moins, moi, je ne vais pas noyer mes lecteurs sous des tonnes de chiffres et de statistiques. Et la semaine prochaine, Will, tu sais ce que tu vas écrire ? Un super-papier scientifique sur les différences de taille entre les filles et les garçons ?

– Mon papier de la semaine prochaine, Cindy, va te faire crever de jalousie ! répond Will.

– Ah oui ? Si tu nous en disais plus ?

– C'est secret.

– Pourquoi ? Parce que tu n'as rien ?

– Bien sûr que si, j'ai quelque chose !

– Prouve-le !

– Je n'ai rien à te prouver.

Cette dispute entre eux, c'est peut-être ma chance.

– Je peux peut-être t'aider ? je propose à Will en prenant mon air le plus mielleux.

Mais il me regarde comme si j'étais un chimpanzé qui vient d'apprendre à parler.

– *Toi ?*

C'est exactement la réaction que j'espérais. J'implore Cindy des yeux pour l'encourager à contrer Will un peu plus.

– Quelle bonne idée, Gemma !

Elle a mordu à l'hameçon. Je m'accroche à ma chaise, mais ce n'est pas encore gagné.

– Comment est-ce qu'*elle* pourrait m'aider ?

– Elle est assistante éditoriale, lui rappelle Cindy, c'est son boulot d'aider les autres.

Au même instant, M. Harris entre dans la salle.

– Je suis bien content de vous voir, dit-il. Alors, comment se présente le prochain numéro ?

– Cindy veut qu'une quatrième m'aide à écrire mon prochain article, proteste Will.

Cindy lève les yeux d'un air niais vers M. Harris.

– Ce sera une bonne expérience pour Gemma, je sais qu'elle veut s'impliquer davantage.

M. Harris l'approuve.

– Bonne idée. Gemma, tu es partante ?

– Oh, oui !

Je sais bien que Cindy m'utilise pour faire enrager Will, mais je m'en fiche. Je suis prête à tout pour décrocher une mission plus intéressante.

– Très bien. Will, je suis sûr que Gemma te sera d'une grande aide, conclut M. Harris.

– Bon, d'accord, grommelle Will en s'agrippant à sa chaise.

M. Harris s'en va et je remercie le Ciel de sa visite providentielle.

– Bien, fait Cindy, je crois que c'est tout pour aujourd'hui.

Will aurait dû lui sauter à la gorge, mais il attrape son sac et sort. Je me retrouve seule dans la salle et je suis prise de malaise.

Je suis complètement folle ! Comment vais-je m'y prendre pour aider Will à faire un article ? Le spectre de l'échec pointe le bout de son nez. Qu'arrivera-t-il si je m'y prends lamentablement et que je constate que je ne suis bonne qu'à faire des horoscopes ?

5

– *Par ici ! s'écrie Will dans le hangar obscur.*

Dans la pénombre, je ne discerne que la forme d'un camion. Deux colosses y font monter des groupes d'hommes et de femmes en haillons.

– C'est un camion qui va les emmener dans une grotte à champignons, murmure Will.

– Et ça se passe toutes les nuits ? dis-je en sortant mon carnet de ma poche.

C'est un carnet imaginaire, bien sûr. Je suis en train de laver des assiettes pleines de sauce tomate, mais, dans ma tête, j'aide Will à démanteler un trafic de clandestins.

– Oui, toutes les nuits, répond Will en sortant une petite caméra de sa poche. Ça fait une semaine

que je les observe. Ces types mettent les immigrants dans un bus, ils les emmènent dans les grottes à champignons pour qu'ils fassent la cueillette de nuit et, à l'aube, ils les ramènent.

À présent, je plonge la casserole dans l'eau savonneuse. Des pâtes sont restées collées au fond. Tandis que je commence à frotter, *un énorme bruit retentit au fond du hangar. Les types ont fermé les portes du camion. Ils démarrent et une épaisse fumée me pique le nez.* Quand j'ai décollé toutes les pâtes, je rince la casserole sous le robinet d'eau froide. *Les pneus crissent sur le bitume.*

– Allez, on n'a pas de temps à perdre ! lance Will en sortant de sa cachette.

Mes yeux se fixent sur les bulles de savon rose et bleu qui se mélangent à la graisse. *Je cours derrière Will sans me soucier des flaques d'huile qui jonchent le sol du hangar.*

Il s'élance dans une cage d'escalier. Hors d'haleine, je monte avec lui. J'attrape les spaghettis qui s'agitent au fond de l'évier, *mais Will est déjà sur la passerelle en acier.*

– Mince, on ne voit rien, s'énerve-t-il.

Je sors une lampe électrique de ma poche.

– Tiens, lui dis-je, ça peut servir.

– *Bien joué, Gem !*

Je saisis la poêle sur le plan de travail et la plonge dans l'évier *tandis que Will découvre sous les rayons de la torche des sacs de couchage, des vêtements et des couvertures.*

– *Ils sont combien à dormir là-dedans ?*

– *Entre vingt et trente.*

C'est une étuve. L'odeur de transpiration me donne la nausée.

Bon sang ! J'ai hâte de publier cet article. Mais, soudain, le téléphone sonne.

– Tu peux répondre ? me lance maman du salon.

J'essuie mes mains sur mon jean et j'y vais.

– Allô, Gemma ? C'est Tess.

Elle a l'air inquiète.

– Qu'est-ce qui se passe ?

– Facebook ! Tu n'as pas changé ton statut !

J'avais complètement oublié ce détail. Je raccroche *illico* et fonce au salon.

Ben est en pyjama sur le canapé et maman lui donne ses soins. Papa ronfle dans un fauteuil. J'allume l'ordinateur.

– Tout va bien ? interroge maman.

– Je dois changer mon statut sur Facebook !

Mais l'ordinateur rame.

– Quand est-ce qu'on changera ce vieux PC ?

– Désolée, ma chérie, dès qu'on aura payé les nouveaux appareils pour Ben.

Je regrette d'avoir fait cette remarque aussitôt que j'entends la vieille machine grâce à laquelle Ben peut mieux respirer. Papa devra encore travailler dur pour qu'on puisse la remplacer. Ça compte beaucoup plus que d'avoir un ordinateur flambant neuf.

Mon statut affiche le nom de Marcus. J'ai envie de pleurer. Quatorze commentaires.

« J'espère qu'il aura compris. Lauren », « Attention à toi, Marcus, tu es désiré. Josh », « Espèce de cachottière ! Sally », etc., etc.

Accablée, je pose ma tête sur le bureau.

– Qu'est-ce que tu as, mon trésor ?

– Rien, rien, juste un drame sur Facebook.

– Je peux t'aider ? propose maman.

– Non, non, je vais me débrouiller.

Je relève la tête et j'ouvre un nouveau statut. Je tape à toute allure : « Zut, c'était une erreur. Je cherchais Marcus et je l'ai mis sur mon statut par erreur. LOL. »

Mais qu'est-ce que j'ai fait ? C'est encore pire qu'avant car, maintenant, tout le monde sait que je cherchais le profil de Marcus !

Paniquée, je réfléchis à la formule qui va laver ma honte. Le téléphone sonne.

– C'est trop mignon ! s'écrie Sav à l'autre bout du fil. Pourquoi tu ne m'as rien dit ? Je ne savais pas.

Elle est hystérique : elle adore les histoires d'amour !

– Mais non, ce n'est…

Mais elle ne m'en laisse pas placer une.

– Vous ferez un si beau couple. Marcus est adorable. Tu lui as déjà parlé ? Il n'a pas encore changé son statut. Vous comptez le faire en même temps ? C'est tellement romantique !

Je ne l'écoute plus. J'ai le moral dans les chaussettes. Moi qui voulais que Savannah et Marcus sortent ensemble, j'ai tout faux. Le missile que je voulais envoyer à Marcus a fait de moi une kamikaze !

6

Ce matin, l'air est doux et printanier, très agréable pour un mois de mars. Tout irait bien si je n'avais pas détruit ma vie sociale sur Facebook. Savannah marche avec moi jusqu'au lycée.

– Alors ? Il ne t'a pas encore demandé de sortir avec lui ?

– Pourquoi le ferait-il ?

– Pourquoi pas ?

– Juste parce que je suis une fouineuse sur Facebook ?

Tess nous suit, avec son sac de sport qui pèse trois tonnes.

– Vous pouvez me dire pourquoi on marche alors qu'on pourrait prendre le bus ?

– Pour parler, explique Savannah, et dans le bus 32, on ne peut pas être tranquilles.

– Ah.

Avec Tess, on a passé la moitié de la nuit à disséquer la catastrophe. À Savannah j'ai seulement dit que je m'étais trompée en affichant Marcus sur mon statut, mais je ne lui ai pas expliqué *pourquoi* j'avais cherché son profil. Forcément.

– Désolée, Tess.

– Pas grave, dit-elle en regardant sa montre. Jeff attendra.

– Vous avez rendez-vous près du hangar à vélos ? Pour un petit baiser du matin ?

Savannah adore mettre son nez dans ces histoires-là.

– Non, on doit s'entraîner à faire des têtes, répond Tess.

– C'est tout ?

– Alors, Gem, tu vas sortir avec Marcus ? enchaîne Tess, trop contente de changer de sujet.

La peste ! Elle sait parfaitement que Marcus ne m'intéresse pas. Je la fusille du regard tandis que Savannah m'attrape par le bras.

– Tu veux que je lui parle de toi ? propose-t-elle. Je peux faire ta pub, lui dire combien tu es cool, que tu serais une super-petite amie, que tu es intelligente…

Je dégage mon bras brusquement.

– Stop ! Marcus ne m'intéresse pas !

– Alors pourquoi tu l'as cherché sur Facebook ?

– Parce que je voulais connaître sa date d'anniversaire. J'ai dans l'idée de publier toutes les dates dans le webzine.

Ça, c'est l'excuse bidon que j'ai trouvée en discutant avec Tess hier soir.

Savannah semble déçue mais elle continue son délire.

– Vous feriez un si beau couple, pourtant. Je peux te donner plein de tuyaux pour qu'il te demande de sortir avec lui.

– Savannah, je t'ai dit non !

– Mais pourquoi ? Marcus est si mignon, si gentil, si attentionné. Et il n'est pas aussi crétin que Ryan ou Josh. Quand il arrête de faire son timide, il est super intelligent et super drôle. Tu devrais vraiment sortir avec lui.

C'est étonnant d'entendre tant de compliments sur Marcus dans la bouche de Savannah. Ça me redonne espoir. Je ne devrais pas avoir trop de mal à la convaincre qu'il ferait un meilleur petit ami que Leo.

Une bande de seconde nous passe devant. On arrive près du lycée. J'aperçois Jeff en train d'attendre près des grilles, impatient. Ses yeux brillent quand il repère Tess. Elle me prend le bras.

– Ça va aller ? Je peux aller rejoindre Jeff ?

Mon estomac se noue à l'idée d'affronter dans le monde réel, sans elle, la foule qu'il y a sur Facebook, mais je vois bien qu'elle n'a qu'une hâte, retrouver son petit copain.

Je la rassure, avec un sourire :

– Ça va aller.

Après tout, l'assurance de Savannah va me donner du courage, parce qu'elle aura le cran de répondre à la moindre allusion déplacée.

– Tu es un ange, Gem ! s'écrie Tess en filant vers Jeff, qui lui lance immédiatement un ballon de foot.

Nous entrons dans le lycée, et Chelsea Leeson, suivie de Josh, nous repère aussitôt. J'accroche un sourire « sûre de moi » à mon visage et j'avance avec confiance.

– Marcus est là-bas, Gem ! m'annonce Chelsea en pointant son doigt vers le hangar à vélos.

Marcus est avec Ryan. Il danse d'un pied sur l'autre en fixant ses chaussures.

– Merci, Chelsea, répond Savannah à ma place mais, contrairement à toi, Gemma n'a pas besoin de courir après les garçons, ce sont eux qui viennent à elle.

Chelsea rougit et s'éloigne.

– Merci, Sav, lui dis-je en lui pressant le bras.

– De rien, mais continue à sourire et à…

Elle s'arrête tout net, le regard aimanté par une silhouette qui se trouve au milieu de la cour.

Leo.

Le soleil printanier fait luire la tonne de gel dans ses cheveux. Des filles de troisième s'agitent autour de lui comme s'il était le roi, et elles sa cour. Il commence à déboutonner le haut de sa chemise en guettant les réactions de son public. Personne ne dit rien, mais tous les yeux sont scotchés sur lui comme des mouches sur du miel.

– Tu crois qu'il se souvient de mon nom ? demande Savannah.

Mais, sans me laisser le temps de répondre, elle me traîne vers la ronde des groupies.

Je ralentis le pas.

– Quoi ? fait-elle.

– Je viens de lire un article, j'explique, pour ne pas la laisser se ridiculiser devant toutes les autres. Il paraît que les garçons préfèrent les filles qui leur résistent.

– Tu insinues que je suis une fille facile ? proteste-t-elle, les deux mains sur les hanches.

– Non ! Mais vas-y doucement.

– Depuis quand tu es experte en relations sentimentales ?

– Je t'ai dit que j'avais lu un article. Quatre-vingt-quatre pour cent des histoires commencent par une insulte.

– C'est vrai ?

Elle a marché.

– Oui, sois hautaine, joue-la distante, comme s'il était le dernier type à pouvoir t'intéresser.

– Et comme ça, il s'intéressera à moi ?

– Il sera complètement fou de toi.

La sonnerie retentit. Leo reboutonne sa chemise et son fan-club s'égaille vers les salles de cours. Savannah passe devant lui d'un air indifférent.

– Hé ! appelle-t-il.

Elle se retourne, la mine renfrognée.

– C'est à moi que tu parles ?

J'ignorais qu'elle pouvait paraître si froide mais, en cet instant, c'est un glaçon sur pattes. Leo semble déçu.

– Tu es la fille au prénom végétal qui finit en « a », non ?

– « A » comme Arctique, répond Savannah du tac au tac.

Elle est parfaite ! Les yeux de Leo s'allument pour la première fois.

Zut !

Il esquisse un sourire en la regardant monter l'escalier.

Qu'est-ce que j'ai fait ? Je fonce derrière Savannah pour l'empêcher de se retourner mais, trop tard, ses yeux se plantent dans ceux de Leo.

– Oh, Gem, tu es un génie ! Tu as vu comment il m'a regardée ! Il m'a enfin remarquée !

Une fois de plus, j'ai tout faux.

Jeff et Tess traversent bras dessus bras dessous la cour déserte. Ils se dévorent des yeux et titubent de bonheur comme deux ivrognes euphoriques. Tout n'est peut-être pas perdu. Après tout, j'ai vraiment réussi à former un beau couple. Il ne me reste plus qu'à faire de même pour Savannah et Marcus.

***

– Baisse le son ! dis-je à Ben, qui joue sur sa Xbox.

Il me lance un regard noir mais s'exécute.

– Will va me pourrir la vie, j'en suis sûre.

– Ne le laisse pas faire, déclare Tess, vautrée dans le fauteuil avec sa part de pizza.

Elle est venue m'assister dans mon job de baby-sitter, parce que papa et maman sont partis dîner au restaurant. En réalité, je n'ai pas besoin d'aide, je suis une experte pour ce qui est de garder Ben. Après ses quarante minutes d'Xbox, il se laisse masser gentiment, accepte sans un mot de prendre ses médicaments et de se coucher. Surtout quand j'arrive à le porter jusqu'à la table de massage sans qu'il ait à arrêter de tirer sur ses aliens.

Je vérifie l'heure. Encore trente minutes de jeu.

– J'ai tellement peur qu'il ne se contente de me donner des ordres et qu'il ne me laisse pas travailler sur son papier. Quand M. Hariss lui a dit qu'il devait me laisser l'aider, j'ai bien cru qu'il allait étrangler Cindy et me frapper avec son cadavre !

Tess éclate de rire, la bouche pleine.

– Je comprends pourquoi tu veux être journaliste. Tu adores te faire des films-catastrophes !

– Il était furieux, je te dis.

– De là à en faire un tueur en série, tu pousses un peu loin.

– Bon, d'accord. Alors admettons qu'il soit sympa et qu'il accepte généreusement mon aide, imagine que je me plante ?

– Mais non, Gem, tu écris super bien ! Depuis que Cindy t'a confié l'horoscope, tout le lycée ne parle plus que de ça. Ce sera pareil avec son article.

Elle est gentille, mais je ne suis pas convaincue.

– Mais je suis tellement godiche avec Will. Il suffit qu'il me regarde pour que je me sente nulle. Je n'arriverai jamais à réfléchir correctement parce que, à la moindre erreur, il va me tacler.

– C'est possible. Dans ce cas, je ne vois qu'une solution : t'entraîner.

– À quoi ?

– Tu m'as fait jouer la scène de rencontre avec les parents de Jeff, alors à moi de te faire jouer une séance de travail avec Will Bold.

– Ça n'a pas été une réussite.

– Si, parce que, à force d'imaginer le pire, je me suis sentie prête à tout affronter. Tu m'as super bien préparée. La mère de Jeff ne sera jamais aussi horrible que celle que tu as imaginée.

Elle se lève et m'oblige à faire comme elle.

– Allez, je fais Will, dit-elle en gonflant ses pectoraux. Bon, Gemma, comme je t'ai dans les pattes, commençons le boulot.

Timidement, je demande :

– Que veux-tu que je fasse, Will ?

– Non ! Tu n'es pas un chien-chien, tu es reporter et tu prépares un papier !

J'acquiesce et essaie de me détendre. Je repense au conseil que j'ai donné à Savannah : « Joue-la distante comme s'il était le dernier type sur terre à pouvoir t'intéresser. »

– On recommence ! fait Tess.

– Je suis prête.

– Tu as apporté ton carnet ?

– Ouais.

– Un stylo ?

Je sors le crayon qui tient mon chignon et le lui tends.

– Bien joué, me félicite Tess. Vas-y, note.

J'ouvre mon carnet imaginaire et me prépare à noter sous sa dictée.

– Donc Slider a trois magasins où il vend cent, deux cents casquettes par jour, mais il se sert au passage et racle tout ce qu'il peut, mais Juicy s'en rend compte, s'énerve et décide de le cogner...

Elle a manifestement tout imaginé à partir d'une série qu'elle a dû regarder à la télé. Je me gratte l'oreille avec le crayon.

– Donc on doit coincer Juicy ?

Elle me lance un regard plein de mépris, typique de Will Bold.

– Juicy ? Mais pas du tout, c'est Slider, le cerveau !

– Donc on veut coincer Slider ?

– Mais non ! C'est lui qui a pris les coups ! Tu ne suis pas du tout !

Je flanche. Elle joue trop bien. Je me sens stupide.

– Alors on doit coincer qui ?

– Qui a dit qu'on devait coincer quelqu'un ?

La Xbox ne fait plus aucun bruit. Couché sur le canapé, Ben nous regarde.

– Vous jouez aux flics et aux gangsters ? Je peux jouer avec vous ?

Tess le toise.

– Bien sûr, le nain. Mais on est reporters, pas flics, et on prépare un super-scoop. Enfin si mon imbécile d'assistante ne fait pas tout foirer.

Ben se lève et se poste près de Tess.

– C'est vrai, ça, Gem, essaie de suivre.

– C'est ce que je fais !

– Bon, alors, relis ! ordonne Tess.

– Relis quoi ?

– Tu as pris des notes, non ?

– Ah oui… Slider faisait des casquettes et Juicy des coups…

– Le nain ? dit Tess à Ben. C'est toi qui prends les notes. Le crayon de cette fille n'a pas l'air de marcher.

– Oui, m'sieur, acquiesce Ben en m'arrachant mon crayon.

– Eh, c'est mon boulot !

– Tess a dit que c'était le mien !

Ben et moi, on se roule par terre en se disputant le crayon. Je finis par l'avoir en plaquant Ben au sol tandis que Tess tape du pied.

– C'est fini, Stone ? fait-elle avec dédain.

Je me relève.

– Désolée, je suis prête.

Tess lève les yeux au ciel.

– Bon, prise de notes terminée, Stone, on a du pain sur la planche.

– Quoi ?

– Je dois tout t'expliquer ou quoi ?

Ben s'est remis debout.

– Moi, je sais. On doit trouver des preuves !

Tess lui caresse les cheveux.

– Bien vu, petit gars.

Je bouillonne de colère.

– Ce n'est pas juste. C'est à moi de jouer !

Tess relève ses manches.

– On ne joue pas, Stone. On a un job à finir.

– Mais tu as dit que…

– Si je te dis « saute du pont », tu le feras ?

– Moi, non ! s'écrie Ben.

– Moi non plus, je renchéris.

– Ah oui ? Et si c'est la seule solution pour nous en sortir ?

– Oh, je n'en sais rien…

J'ai la tête qui tourne. Ça va trop vite, c'est trop. Je m'assois dans le canapé, les bras croisés. Tess me rejoint et passe son bras autour de mes épaules.

– Je crois qu'on devrait arrêter. Les jeux de rôle, ce n'est vraiment pas notre truc.

– Oh, mais c'était super drôle ! proteste Ben, déçu.

Je l'attire dans mes bras et lui caresse la tête.

– Va jouer à la Xbox, on commence les massages dans vingt minutes.

– D'accord, dit Ben en se rasseyant devant l'écran.

– Il va me manger toute crue.

– Qui ça ? Ben ? demande Tess.

– Mais non, Will ! Pourquoi ai-je dit que je voulais l'aider, bon sang ?

Un nuage de désespoir emplit le salon.

– Il va m'anéantir et se servir de mon sang pour écrire son fichu papier !

7

Le nuage de désespoir ne s'est pas vraiment dissipé, ce matin, mais j'ai décidé d'en faire un nuage de poche et d'aller à l'école braver les intempéries.

On est mercredi : le jour de la publication. Toute l'école va recevoir le webzine par mail à l'heure du déjeuner.

À la fin de cette interminable matinée, je suis affamée. Je dois être la seule personne sur terre à qui l'angoisse ouvre l'appétit… La seule aussi à transporter dans sa poche des nuages de désespoir.

À la cafétéria, je m'assois avec Tess, Savannah et Sally Moore.

– Vous avez déjà lu l'horoscope ? demande Savannah en consultant ses mails sur son nouveau smartphone tandis que nous grignotons nos sandwichs.

Sally se penche aussitôt sur son écran.

– Alors, que dit Jessica, cette semaine ?

Savannah lit à haute voix : *Vous pensez avoir enfin trouvé l'amour de votre vie mais, très chère, si l'élu de votre cœur semble charmant, il n'a rien d'un prince.*

Savannah renifle.

– Wouah ! Notre Jessica a un métro de retard. Elle parle toujours de Josh.

Non, non et non !

– Cela dit, en ce qui le concerne, elle ne se trompe pas, ajoute Sally en lançant un regard perfide à Josh, qui partage amoureusement ses chips avec Chelsea.

– C'est vrai, mais elle aurait dû savoir que, depuis, j'ai fait du chemin, reprend Savannah. Elle est peut-être malade… Elle est malade ? répète-t-elle en me regardant.

– Comment le saurais-je ? je réponds, un peu sur la défensive.

Tess me balance un coup de pied sous la table.

– En fait, elle ne vient jamais au lycée puisque c'est une amie du père de Cindy, je tente d'expliquer. Elle rédigeait l'horoscope du journal où il travaillait et elle nous envoie tout par mail. Je ne sais ni où elle est ni qui elle est.

Mon cœur bat à cent à l'heure. Tess me balance un nouveau coup de pied, plus fort. Je m'accroche à mon sandwich au thon pour ne pas flancher.

– Calme-toi, dit Savannah, elle finira bien par savoir que j'ai un nouvel homme dans ma vie.

Ses yeux se détournent brusquement vers la porte : Leo fait son entrée dans la salle telle une rock star.

– Sauvée par le Prince charmant, marmonne Tess.

Je respire mieux. J'ai beau penser que Leo est un gros nul, son arrivée m'a sauvée de l'interrogatoire de Savannah au sujet de Jessica Jupiter.

– Mais elle ne voit pas que c'est plutôt le Prince barbant ?

– Elle ne veut pas le voir, chuchote Tess.

– Il vient vers nous ! glousse Sally.

Savannah prend instantanément un air détaché, comme si elle n'avait pas remarqué que son dieu descendait du ciel. Quelques filles de troisième le suivent à la trace. Je pose un pied sur la chaise vide près de moi, mais ça ne semble pas gêner Leo, qui le repousse et s'assoit.

– Salut, lance-t-il à Savannah avec un sourire « dents ultra-blanches ».

Bethany Richards, une fille de troisième aussi canon que Savannah, vient tout de suite s'asseoir sur la chaise libre à côté de Leo. Toutes les autres se perchent sur la table et le dos des chaises, comme les pigeons sur la statue du jardin public.

Savannah regarde vaguement Leo, mais ne décroche pas un mot.

– Salut, Leo, couine Sally d'une voix si ridicule que j'en ai honte pour elle.

Je plonge dans mon sandwich tandis que Tess observe Leo commencer son numéro. Il ouvre sa boîte de sushis et détache ses baguettes.

– C'est un sandwich au poulet ? demande-t-il à Savannah.

Elle opine de la tête.

– Chez nous, personne ne mélange plus les protéines et les glucides parce que ça fait grossir et que ça abîme le derme.

– Il veut dire la peau ? me glisse Tess.

Il nous faudrait une traduction simultanée de Cindy, elle qui adore ce genre de conversation. Qui sait, peut-être même que c'est Leo qui lui a suggéré son dernier article, *Manger pour être belle* ?

Bethany tapote le bras de Tess en s'allongeant carrément sur la table.

– Pour les sportives dans ton genre, ce n'est pas un problème, la complimente-t-elle d'une voix mielleuse.

Tess manque de s'étouffer.

– Qu'est-ce que tu insinues ?

– Tu es du genre tout en muscles, alors tu peux manger ce que tu veux.

– Elle ne perd rien pour attendre de les voir, mes muscles ! grogne Tess à mon oreille.

Mais, à vrai dire, Tess peut bien transformer Bethany en confettis, je m'inquiète plus de la réaction de Savannah, qui abandonne son sandwich pour sa pomme.

Leo est comme un coq en pâte : il a mis ses jambes sur la chaise de Bethany et rit avec ses fans. Savannah les regarde en mordillant sa pomme du bout des dents, comme une star anorexique.

Je remballe mes affaires.

– Bon, vous venez ? Tess ? Sav ?

Celle-ci secoue la tête.

– On n'a pas fini, fait Sally en me tendant un cracker.

– Moi, si, répond Tess.

Dès qu'on libère nos chaises, toutes les poules émoustillées se ruent dessus.

– Tu as vu ça, Tess ? Je n'arrive pas à croire que Sav ait laissé tomber son sandwich à cause de ce qu'il…

Et bam ! Au même moment, je rentre dans quelqu'un.

– Hé, attention ! s'écrie Marcus.

– Dés… désolée…

Il ne manquait plus que ça. Depuis ma boulette sur Facebook, j'ai réussi à éviter de croiser son regard, bien qu'on soit ensemble à presque tous les cours. Mais, devant lui, je rougis comme une tomate. Il me décoche un regard indifférent, comme si de rien n'était.

– Ah, salut Gemma.

Que la terre m'engloutisse tout entière… Raté, la terre ne répond pas.

– Euh… Tu sais, au sujet de… bredouille-t-il.

– C'est bon, je sais.

– C'est juste que… ce n'est pas que je ne t'aime pas, il n'y a aucune raison pour que je ne t'aime pas, mais…

Il devient plus rouge que moi. Il me fait presque de la peine.

– Le truc du statut était un accident, je clame haut et fort.

– Tant mieux ! Enfin, non... enfin si... parce que, tu sais, j'aime quelqu'un d'autre.

– Bien sûr... Je veux dire que je t'ai mis sur mon statut par erreur. Je cherchais des dates d'anniversaire, parce que je... je...

Je dois lui balancer le même mensonge qu'à Savannah, mais les mots ne sortent pas.

– J'avais une bonne raison... D'habitude, je ne fais pas de recherche sur les garçons... Je n'ai pas fait exprès... je...

Tess me saisit par le coude.

– Allez, Gem, ou nous allons être en retard.

Une vague de soulagement déferle en moi mais, bêtement, je me retourne vers Marcus.

– Salut, Marcus.

– Boucle-la ! me chuchote Tess tandis que j'esquisse un misérable au revoir de la main.

– Il va vraiment penser que je suis folle de lui, hein ? dis-je, une fois dans le couloir.

– Tu as mal joué, confirme Tess.

– Tu dois m'aider à me sortir de là !

– Plus tard. Là, je dois retrouver Jeff sur le terrain. Tu m'accompagnes ?

– Non, je vais aller bosser un peu pour le webzine.

Plutôt me terrer dans la salle de rédaction que de me montrer en public.

– Tu es sûre ? Jeff ne dira rien, tu sais.

– Oui, oui, je dois consulter la boîte mail de Jessica.

– Comme tu veux. Et ne t'en fais pas pour Marcus. Je suis sûre qu'il est flatté, en fait. C'est juste qu'il est encore dingue de Sav.

– Si seulement elle pouvait être aussi dingue de lui et pas de ce crétin de Leo.

– Dans ce cas, va bosser ton horoscope de la semaine prochaine, et cette fois, ne sois pas trop subtile.

– Compte sur moi, je vais l'écrire au burin !

***

En arrivant près de la salle, j'entends la guitare de Sam. Il est vraiment doué !

– Joli riff, dis-je en entrant.

– Merci.

Je pose mon sac. Des doigts tapent à grande vitesse sur un clavier. Ce doit être Will. Personne, à part lui, ne tape aussi vite.

– Salut, Will.

Mais il ne répond pas, absorbé par son article. Génial. Ça va vraiment être super de travailler avec lui.

– Ça fait un quart d'heure qu'il tape comme ça, m'explique Sam en posant sa guitare contre le mur.

– Il n'a pas mangé ?

– Ben non. Tu es libre vendredi soir ?

– C'est possible.

Bien sûr que je suis libre, je ne sors jamais, le vendredi soir.

– J'ai un billet en plus, annonce-t-il en sortant un papier bleu de sa poche. C'est pour notre concert au Sounds.

– Je croyais qu'il n'y avait plus de places.

Savannah a essayé d'en avoir, mais sans succès.

– Mais moi, on m'en a donné en plus, dit-il en regardant le billet.

– Tu pourrais en faire profiter quelqu'un d'autre.

– Non, ça fait si longtemps que je t'en parle, tu mérites de venir voir.

Il reprend sa guitare en me regardant à peine.

– Merci, Sam, c'est gentil, j'aimerais beaucoup, mais…

– Gemma ! m'interrompt Will.

– Quoi ?

– Tu veux toujours m'aider sur cet article ?

C'est sûrement un piège. Pourquoi a-t-il subitement envie que je l'aide ? Ce doit être une expérience. Il a dû cacher une caméra quelque part, pour prouver que les quatrième croient tout ce qu'on leur dit.

– Alors ? redemande-t-il.

Mon cerveau se déconnecte. Mais, hélas ! ma bouche continue à fonctionner.

– Oui, j'ai hâte de travailler avec toi. Je suis vraiment contente que tu aies accepté. Je te promets de faire de mon mieux. Je veux vraiment…

– D'accord, d'accord. Tu veux que je t'explique de quoi parle mon papier ?

– Ton papier ?

– Le papier… sur lequel… tu dois… m'aider, articule Will comme s'il s'adressait à une Chinoise, en séparant bien chaque mot du suivant.

Derrière moi, Sam fait grincer sa chaise, ce qui reconnecte mes neurones.

– Oui, ton papier, bien sûr !

Will regarde Sam avec méfiance.

– Mais je dois t'en parler en privé.

– C'est bon, j'ai compris, fait Sam en quittant la salle.

Will referme soigneusement la porte derrière lui.

– Je suis vraiment contente que tu aies accepté, je répète.

– Je sais, tu l'as déjà dit, râle Will.

Il fait les cent pas devant moi.

– Primo, tu dois me jurer de garder le secret.

– Le secret ?

Mon délire de l'autre soir quand je faisais la vaisselle repasse devant mes yeux. Le hangar. Le trafic d'immigrés clandestins.

– Pourquoi ? C'est dangereux ?

Ça commence à m'intriguer.

– Ça se pourrait. Il va falloir que tu gardes la tête froide. Tu en es capable, hein ?

– Bien sûr !

Et si je paniquais ? Et si je tremblais comme une feuille au point de ne même pas pouvoir tenir une lampe-torche ?

Il se rassoit enfin.

– Tu jures ?

– Euh… oui. Parole de scout.

– Super. Je fais équipe avec une scout. Bon, maintenant tu dois m'écouter. On va faire un article sur le Sounds.

Je le regarde, ahurie.

– La boîte de nuit ! Là où ton copain Sam va faire son concert vendredi soir.

– Ah, euh, oui.

Mais pourquoi suis-je si gourde ? Il faut que j'enclenche la vitesse supérieure sinon j'aurai toujours trois métros de retard sur lui.

Will baisse la voix et adopte un ton de conspirateur.

– La rumeur dit que le propriétaire, Dave Wiggins, s'en sert pour couvrir ses trafics de drogue. Et nous, on va essayer d'en savoir plus.

8

– Des trafics de drogue ? je m'écrie comme si on m'avait électrocutée. Mais comment le sais-tu ?

Ça pourrait faire un super-papier. Rien à voir avec les tuyaux pour faire ses devoirs ou avoir la meilleure place à la cafétéria.

Will se frotte le nez.

– J'ai une source. Quelqu'un qui a travaillé au Sounds.

– Mais il ne travaille plus au Sounds.

Mes neurones sont comme collés les uns aux autres.

– Il a été renvoyé.

– Et tu lui fais confiance ? Il en veut peut-être à celui qui l'a viré ?

– Possible. C'est bien pour ça que nous devons y aller et trouver des preuves.

Il a dit *nous* !

– Des preuves de quoi ?

– Ma source me dit qu'il a entendu Wiggins parler au téléphone avec de gros escrocs. Des durs, des types qui viennent de sortir.

– D'où ? De prison ?

– Non, de Disneyland.

Ses sarcasmes commencent à me taper sur les nerfs. Je m'assois face à lui.

– C'est tout ce qu'on a ? Un employé viré qui dit avoir entendu Wiggins parler à d'anciens taulards ? C'est plutôt mince.

– Il y a eu des livraisons de marchandises bizarres, poursuit-il. À des heures bizarres. Ça suffit pour me mettre la puce à l'oreille. Le Sounds va faire des soirées pour les quatorze à dix-huit ans, et tout le monde veut y aller. S'il se passe des trucs louches là-bas, les gens doivent le savoir.

J'attrape mon sac à dos pour en sortir mon carnet.

– Et que veux-tu que je fasse ?

– Tu vas aller au Sounds ce vendredi et te débrouiller pour que Sam t'emmène dans les coulisses.

– Et pourquoi pas toi ?

– Je n'ai pas réussi à avoir de billet, avoue Will. J'ai essayé.

– Donc c'est moi.

– C'est toi.

À son tour de faire le perroquet.

Je sens le désespoir m'envahir. C'est pour ça qu'il tient tant à ce que je l'aide. Parce que Sam m'a proposé une place. Je suis à deux doigts de lui lancer qu'il peut bien faire son sale boulot lui-même, mais je me retiens. En fait, c'est la chance de ma vie. Si j'arrive à trouver quelque chose pendant le concert, Will n'aura plus le choix : il devra me prendre au sérieux.

– Débrouille-toi juste pour que Sam t'emmène dans les coulisses et observe bien. Si tu vois un truc douteux, tu le notes.

– Mais pourquoi Sam ferait-il ça ?

– Il t'a proposé une place, non ?

– Oui, mais c'est parce qu'il en avait une en plus, pas parce qu'il voulait m'inviter spécialement.

– Dans ce cas, donne-la-moi et j'irai avec Sam.

Pas question !

– Non, non, c'est bon, j'irai.

– Bon. Tu dois essayer de trouver le bureau de Wiggins. Ouvre grand tes yeux et tes oreilles. Note tout ce qui cloche.

Will me tend un papier avec son numéro de portable et s'en va sans un mot de plus.

Comment vais-je savoir ce qui cloche, moi ? Et puis il y a Sam. Il ne va pas aimer que je mette mon nez partout, même s'il comprendra quand l'article paraîtra. Enfin, s'il paraît un jour. Pour l'instant, c'est juste une rumeur que je dois transformer en scoop. C'est avec ça que ma carrière va décoller. J'entends déjà la foule qui m'acclame le jour de la remise des prix. *« Merci ! Merci ! » Grâce à moi, leur vie a changé. Je les ai libérés d'une vie d'esclavage et d'exploitation. Au premier rang, une femme et son enfant me regardent en pleurant.*

– Gemma ?

Je manque de tomber de ma chaise quand Cindy entre dans la salle. Sa queue-de-cheval blonde s'agite gaiement. Elle a les joues toutes roses.

– Est-ce que Will t'a déjà briefée ?

J'acquiesce bêtement.

– Donc tu sais sur quoi il va écrire ?

Je reste muette comme une carpe.

– Alors ? C'est quoi ?

– C'est secret.

– Oh, nooooon ! gémit-elle.

Son visage se décompose comme si je venais de mettre un terme à son plan pour conquérir le monde. Je crois que je préférais quand Will et Cindy ne me calculaient pas plutôt que de me retrouver coincée entre leurs deux ego.

– À quoi ça sert de t'avoir demandé de l'aider si tu ne me racontes rien ?

– Je pensais que tu voulais seulement l'embêter, dis-je.

– Ça, c'était en bonus, réplique Cindy en fourrageant dans son sac.

Je parie qu'elle cherche des échantillons de maquillage à me faire tester pour sa rubrique Beauté. Avec les horoscopes et l'article pour Will, je ne vais pas m'en sortir.

J'attrape mon sac et me précipite vers la porte.

– Bon, je dois y aller. Tess m'attend ! je lui lance.

– Mais…

***

– Tu ne devineras jamais ! me fait Savannah devant la classe.

Je n'ai vraiment pas la tête à ça.

– Allez, s'il te plaît, devine.

– Quoi ? Leo ?

– Oui !

– Il t'a demandé de sortir avec lui ?

– Oui !

Oh non ! Mais mon air déçu n'a pas l'air de gêner Savannah le moins du monde.

– Il m'a demandé d'aller avec lui au Sounds vendredi soir !

Marcus n'a plus aucune chance.

– Tu aurais dû voir la tête de Bethany quand Leo m'a donné un billet !

– Mais il ne t'a pas encore demandé de sortir avec lui, alors ?

– Non, mais c'est encore mieux. Il n'a pas proposé de place à Bethany, seulement à moi !

– Elle en a déjà peut-être une.

– Mais pourquoi tu joues les rabat-joie ? râle Savannah, contrariée.

Je sors le billet bleu que m'a donné Sam.

– Excuse-moi. Regarde, moi aussi, j'ai une place !

Elle m'attrape la main.

– Comment tu as fait pour en avoir une ? Tout le monde se les arrache !

– Sam.

Elle me décoche un regard plein de sous-entendus en battant des cils.

– Ah bon ?

– C'est son groupe qui passe. Il a dû avoir des places en plus.

– Mais est-ce que tu réalises ce que ça veut dire ? s'exclame-t-elle d'une voix stridente et surexcitée.

– Quoi ?

– On pourra se préparer ensemble !

Sur ce, Tess arrive, les cheveux décoiffés et les joues roses du match qu'elle vient de jouer.

– Se préparer à quoi ?

– On va toutes les deux au concert vendredi soir !

Tess s'adosse au mur près de la porte.

– Si seulement je pouvais y aller, moi aussi, au lieu d'être présentée aux parents de Jeff.

– Tu peux quand même te préparer avec nous ! enchaîne Savannah. Comme ça on te soutiendra moralement, et puis tu aideras Gemma à se coiffer.

Elle regarde mes cheveux, qui se sont déjà remis à friser malgré mon brushing de ce matin.

– Je n'y arriverai pas toute seule, poursuit-elle, l'air catastrophé.

– Arrête, Sav ! Gem a des cheveux super ! rétorque Tess en me prenant dans ses bras. J'adore son côté « crinière au vent ».

– Je dirais plutôt son côté « j'ai survécu à un ouragan » !

Je lui balance un coup de sac mais elle s'esquive en courant dans la classe.

– Au secours !

Je lui cours après à travers la classe, jusqu'à la table de Marcus. Les pieds sur une chaise, il est en train de lire une BD au fond de la salle.

– Tu as besoin d'aide ? questionne-t-il en relevant la tête.

– Oui ! répond Savannah.

– Je parlais à Gemma, pas à toi, précise Marcus, très détendu.

Savannah n'en revient pas. Moi, je pouffe de rire et décide de lui laisser la vie sauve. On s'assoit à nos places habituelles, près du radiateur, et elle allonge ses grandes jambes.

– Ça va être génial, vendredi !

Tess lui jette un regard en coin.

– Pour vous, peut-être.

Le doute s'insinue dans mon esprit : et si Leo l'ignorait toute la soirée et qu'elle en ressortait dévastée de douleur ? Et s'il se mettait à la draguer pour de vrai ? Et si je ne trouvais rien à rapporter à Will ? Je serais condamnée à faire l'horoscope jusqu'à la fin de mes jours. Vendredi sera peut-être la pire soirée de toute ma vie…

9

– Comment comptes-tu t'y prendre pour que Savannah soit… moche ? demande Tess, assise sur mon lit.

Elle passe en revue mon brillant projet : anéantir toutes les chances de Savannah auprès de Leo.

On est vendredi soir et le bus passe dans une heure. Savannah a quinze minutes de retard. Si elle n'arrive pas, je n'aurai pas le temps de transformer la belle en bête.

– Elle est bien trop jolie. Même là-dedans, elle serait canon, continue Tess en regardant le cardigan caramel et la jupe turquoise qu'elle a empruntés à sa mère.

Les parents de Jeff vont la prendre pour un rat de bibliothèque. Moi, je suis à la fenêtre en train de guetter Sav.

– On t'a bien transformée en Ugly Betty, alors pourquoi on n'y arriverait pas avec elle ?

Ma chambre est jonchée de vêtements. Tess a essayé toute mon armoire avant d'opter définitivement pour la tenue de sa mère.

Comme je n'ai personne à épater, ça a été bien plus facile pour moi. Je porte un jean et des baskets, très pratiques pour une enquête de terrain. Je regarde encore ma montre.

– Seize minutes… Allez, Sav, dépêche !

– Tu ne crois pas qu'on va trop loin ? s'inquiète Tess.

– C'est la seule façon de l'arracher des griffes de Leo.

– Je sais, mais bon, elle l'aime vraiment bien.

– Et lui n'aime qu'une seule personne sur terre : lui-même. On essaie juste de la protéger.

– Il serait peut-être différent avec Sav. Il lui a donné une place, après tout.

– Je te parie qu'il en a donné à toutes ses fans.

On sonne à la porte. C'est enfin elle ! On l'entend monter l'escalier à toute vitesse.

– Désolée, fait-elle. J'ai oublié d'allumer mon fer à lisser, du coup j'ai passé vingt minutes à tirer sur mes cheveux avec des plaques glacées.

Pauvre Sav ! Elle est dans un état ! Elle sort de son sac deux magnifiques tenues.

– Alors, laquelle ? interroge-t-elle en nous montrant une robe bleu électrique qui lui va comme un gant et une robe pailletée qui lui donne un air de star.

Je me lance :

– Aucune des deux, sinon tu vas ressembler à toutes ses autres groupies.

– Mais j'adore ces deux robes !

– Elles sont belles, mais imagine que Bethany soit là. Elle sera sûrement habillée dans le même genre. Tu dois te distinguer.

Savannah a l'air décomposé.

– Tu penses la même chose ? demande-t-elle à Tess.

Celle-ci opine de la tête et attrape une robe beige qui traîne par terre.

– Essaie ça.

C'est une robe moulante, mais son horrible couleur champignon devrait rendre Savannah invisible aux yeux des garçons. Elle la passe et se regarde dans le miroir.

– Pas mal…

Pas mal ? Elle est tout simplement splendide, dedans.

– Non, pas ça, je déclare en saisissant une robe grise qui devrait lui donner un air de vieille secrétaire.

– Ça ? fait Savannah. Non, en fait, celle-ci me plaît bien.

– Non, tu vas voir, la grise sera top sur toi.

Elle la prend d'un air sceptique.

– Je ne vais pas ressembler à ma grand-mère, là-dedans ?

Tess me jette un regard en fronçant les sourcils. Je sais très bien ce qu'elle pense : que Savannah n'est pas « grand-mèrisable ». Elle essaie la robe grise. C'est bien ce que je pensais : elle ressemble à une secrétaire. Sauf qu'avec ses cheveux lâchés et sa poitrine de déesse c'est plutôt une secrétaire de film hollywoodien. La fadeur de la robe fait encore mieux ressortir sa beauté.

Tess se poste à côté d'elle, l'air découragé.

– Ce n'est pas juste. Toi et moi, on dirait une photo « avant » et « après ».

– Ce n'est pas le moment de vous comparer l'une à l'autre, j'interviens, agacée. Toi, tu vas voir des vieux alors que Sav va passer la soirée avec le roi des beaux gosses.

Et, soudain, une idée de génie me traverse l'esprit : le style gothique !

Leo, en bon Américain fan de défilés de mode et de gel, ne pourra que détester ce style sombre et torturé. Mais comment vais-je faire avaler ça à Sav ?

– Je sais !

– Quoi ? demandent mes deux amies.

– Cindy a fait une enquête pour savoir quel look les garçons trouvent le plus sexy pour une fille, je déclare en les voyant boire mes paroles. En particulier chez les mecs de quatorze à seize ans.

– C'est la tranche d'âge de Leo !

– Exactement.

– Alors ? s'enquiert Tess.

– Eh bien, de tous les looks qu'on a soumis aux mecs, celui qu'ils préfèrent, c'est...

Savannah est littéralement suspendue à mes lèvres.

– ... le style gothique.

– Quoi ? s'écrie-t-elle. Gothique ?... gothique... Bon, pourquoi pas ?

Je lève le pouce discrètement en direction de Tess. On a gagné ! On va faire de Sav la reine du gotha gothique !

Tess commence à la maquiller tandis que j'attrape tous les vêtements noirs que j'ai sous la main. Elle lui dessine des ombres rouges sous les yeux et un épais trait noir sur la paupière supérieure. Elle lui passe de la poudre blanche un peu partout et souligne son air de vampire en lui posant un rouge à lèvres écarlate. Le pompon, c'est la petite goutte rouge qu'elle a dessinée au crayon à la commissure de ses lèvres.

Je retiens un sourire.

– Passons aux vêtements.

On l'habille de noir de pied en cap et je vaporise un peu du spray violet qui me reste du dernier Halloween pour colorer quelques mèches de ses cheveux. Montre en main, il nous reste cinq minutes.

Tess mène Savannah devant le miroir.

– Alors ? Comment tu te trouves ?

Personnellement, j'adore. Dracula en ferait bien son quatre heures mais, pour ce qui est de Leo, j'en doute.

– Je suis un peu pâle, non ? s'inquiète Savannah en se pinçant les joues.

– Allez, dépêche-toi, lui dis-je en la poussant vers la porte, on va rater le bus.

– Zut, je dois être chez Jeff dans un quart d'heure ! s'exclame Tess en se précipitant dans l'escalier.

Arrivée en bas, je passe une tête dans la cuisine, où maman prépare un risotto.

– Vous partez ? demande-t-elle.

– Oui, on va rater le bus !

– Et vous ne dînez pas ?

– Si, après. Garde-moi une portion, je ne rentrerai pas tard !

– 22 h 30, hein ?

– Promis !

Ben se tient dans l'encadrement de la porte du salon. Il dévisage Savannah comme si c'était une chauve-souris.

– Vous allez à un bal masqué ? questionne-t-il.

– Mais non, tais-toi ! je lui chuchote. On sort, c'est tout.

– Elle est moche, comme ça, observe Ben en faisant une grimace.

Sa remarque me ravit, mais pas question que Sav l'entende. Heureusement, elle est devant, avec Tess.

– Salut, Tess, et bonne chance !

Elle s'éloigne dans l'allée, la tête basse.

– Ça va bien se passer ! je lui lance.

– Et n'oublie pas de sourire ! ajoute Savannah.

On arrive à l'arrêt de bus.

– Toi, en revanche, tu ne dois pas sourire, l'avertis-je, ça ne fait pas partie de ton look.

Le bus arrive. On monte à l'étage. Soudain, assise près d'elle dans le bus, je me sens tellement normale que c'en est ridicule. Surtout pour elle. Je m'en veux d'autant plus que j'aperçois Marcus et Ryan, puis Bilal, Sally et Chris McLaren tout au fond.

Sally se précipite vers nous.

– Mais Sav, qu'est-ce qui t'est arrivé ?

Qu'elle se taise, cette idiote !

– De quoi tu parles ? demande Savannah.

– Tu sais que Leo sera là-bas, non ?

– Évidemment.

– Alors pourquoi tu es habillée comme pour aller à l'enterrement de Dracula ?

– C'est un nouveau look, répond Sav en me regardant. Gemma dit que les garçons trouvent ça sexy.

Sally observe la brochette de mecs au fond du bus. Ils se font des messes basses sans avoir l'air de trouver Sav très excitante. Puis Sally plante ses yeux dans les miens.

– Ah oui ? Pas assez sexy pour l'essayer elle-même, en tout cas.

– Mais… mais… moi, je ne cherche à plaire à personne…

– Tant mieux, parce qu'une gothique de plus et c'était l'invasion des morts-vivants ! s'écrie Sally.

Savannah a soudain l'air inquiet.

– Tu trouves que j'ai l'air bête ? demande-t-elle à Sally.

– Non, c'est juste un look très… très… nouveau.

Marcus est le seul garçon à ne pas glousser. Il regarde Savannah d'un air très doux. Heureusement qu'il est là. Il est fait pour elle. Mais Sav ne le voit même pas, elle est collée à la vitre en train d'examiner son reflet.

– Qu'est-ce qui m'a pris ? soupire-t-elle. Je n'en reviens pas d'avoir accepté de porter ça. Tu es sûre que l'enquête de Cindy parlait bien des gothiques ?

Je n'ai qu'une idée en tête : lui épargner un chagrin d'amour.

– Absolument.

Ce soir va être un moment génial : Leo va snober Sav, mais l'adorable Marcus la consolera et, d'ici Pâques, ils seront heureux et auront beaucoup d'enfants. Enfin, presque.

Tout le monde descend. Avant de sortir du bus, je glisse à ma copine :

– Tu es canon, Sav. Leo va être raide dingue !

– C'est ça, oui, fait-elle d'une voix aigre.

La boîte est bondée. Des visages familiers émaillent la foule et, tout au fond de la scène, Sam règle le micro. A-t-il le trac avant que ne commence le concert le plus important de sa carrière ?

– Salut, Savannah, fait la voix de Leo, qui fend la foule suivi de son fan-club.

Savannah est sur le point de s'évanouir. Elle regarde partout comme pour échapper à son propre corps.

– J'adore ton look, lance Leo. Ça te va super bien !

Comme un seul homme, ou plutôt comme une seule fille, sa cour approuve de la tête.

Je suis foudroyée. Sav, elle, relève le menton et bombe le torse.

– Oui, je le sentais bien, acquiesce-t-elle, d'un air indifférent.

– Mon dernier shooting était sur ce thème, reprend Leo. C'était super ! Noir de chez noir !

Je n'arrive pas à y croire : j'ai encore tout faux !

Mon portable vibre. C'est Will.

« Tu as trouvé quelque chose ? »

Dois-je l'ignorer ou lui répondre que je suis sur le coup ? Dans le doute, ne pas bouger. Je remets le téléphone dans ma poche alors que Sam surgit devant moi.

– J'étais sûr que c'était toi, s'exclame-t-il en souriant. Wouah ! C'est quoi, ce look ?

Il regarde Savannah, mais je lui fais signe de ne pas dire un mot de plus. De toute façon, elle ne fait que chercher des yeux Leo, qui s'enfonce dans la foule.

– Viens avec nous, lui lance-t-il.

Il ne lui en faut pas plus : Sav s'éclipse sur-le-champ.

– Tu y vas aussi ? demande Sam.

Je suis tiraillée : je devrais surveiller Sav, mais je dois aussi m'occuper des coulisses. Mon portable vibre à nouveau. C'est encore Will.

« Alors ? »

Je l'éteins.

– Sam ? je commence, en fixant ses chaussures. Je me disais que…

– Oui, quoi ?

– Que tu pourrais m’emmener faire un tour dans les coulisses ?

– Les coulisses ?

– C’est que j’adore ça, depuis toujours. Ça doit venir de mes spectacles de danse quand j’étais petite. J’aime l’odeur de la peinture des décors et de la sueur des artistes.

Il fronce les sourcils.

– On n’est pas à l’opéra ! Ici, il y a surtout des câbles et des ordinateurs.

– C’est encore mieux ! J’ai toujours voulu savoir comment ça marche, ces endroits. C’est vrai, à l’extérieur, ça brille, mais je suis sûre que dans les coulisses, c’est autre chose. À moins qu’il n’y ait des boules disco un peu partout. Ce serait génial ! J’adorerais voir ça. Et j’ai promis à Tess de…

– D’accord, d’accord, viens avec moi.

10

Un courant d'air froid me glace le visage. Les lumières crues des coulisses m'éblouissent un instant.

– Salut, Alex ! lance Sam à un gars dans un couloir.

Ma main dans la sienne, nous enjambons des câbles et tout un tas de matériel pour rejoindre ledit Alex. Il a une touffe afro qui lui mange le visage.

Un autre type débraillé surgit

– C'est Gemma, dit Sam. Gemma, je te présente Pete.

Pete me broie la main de ses doigts moites.

– Tu joues de quoi ? je lui demande en essuyant discrètement ma main sur mon jean.

– De la basse.

– Génial.

Un troisième énergumène arrive.

– C'est Joel Kenyon, mais on l'appelle Kenny, m'explique Sam en tapant dans le dos du type.

Celui-ci se renfrogne et s'éloigne de nous.

– Il n'est pas vraiment du genre sociable.

Pete regarde Kenny s'éloigner.

– Oui, mais c'est un super-batteur, déclare-t-il.

– Alors, qu'est-ce que tu en penses ? interroge Sam en m'observant.

– De qui ? De Kenny ?

– Des coulisses ?

Je fais mine d'être impressionnée.

– Gemma adore les coulisses, annonce-t-il à Pete et à Alex.

Je danse d'un pied sur l'autre.

– Ouais. Parce que c'est là que ça se passe !

– Pour nous, ce qui compte, c'est la scène, explique Pete.

– Normal, dis-je en regardant le long couloir. Ça va où, ça ?

– À la scène, répond Pete en regardant sa montre. C'est à nous dans dix minutes. Moi, je vais me chauffer.

Pete disparaît dans le fond.

– Ce sont les vestiaires ?

– Oui, tu veux voir ? me propose Sam.

En fait, ce qui m'intéresse, c'est le bureau de Dave Wiggins, mais je ne peux pas vraiment le mentionner.

– Il y a des toilettes ?

Sam m'indique la porte de secours.

- Bien sûr. C'est tout droit et à droite.

– Merci.

Je me dépêche, l'estomac noué. Que m'arrivera-t-il si on m'attrape en train de fouiner ? Je pousse la porte de secours. J'ai l'impression d'être sous l'eau tant c'est silencieux, subitement. Quand, soudain, j'entends une grosse voix tonner. Je marche à tâtons dans le couloir, je passe devant la porte des toilettes et je continue dans la direction de la voix. Mon cœur bat dans ma gorge. Une issue de secours entrouverte laisse passer de l'air froid. Des tas de boîtes sont empilés contre les murs. J'ai la main sur mon portable. Mes doigts sont moites. Derrière les piles de boîtes, une autre porte est entrouverte. La voix vient de là.

– Je me fiche de tes excuses !

Est-ce Dave Wiggins ? Je me colle au mur et essaie de regarder à travers l'entrebâillement de la porte. Une ombre bouge derrière un bureau.

– On devait me livrer hier soir !

Une petite voix à l'autre bout du fil répond aux aboiements de Dave.

– On avait un accord ! hurle Dave. Je veux cette came !

De la came ! Une montée d'adrénaline me transperce comme un coup de poignard.

– J'ai des clients qui attendent, et ils n'aiment pas ça !

Je suis sur le point de sortir mon portable pour enregistrer ces paroles quand une porte claque derrière moi. Je me retourne, le cœur au bord de l'explosion. C'est la porte de secours qui s'est refermée à cause du vent. Des pas résonnent dans le bureau de Dave Wiggins. Paniquée, je recule et fais tomber des boîtes. La porte du bureau s'ouvre en grand. Dave Wiggins me toise du regard. Un mètre quatre-vingts, des bracelets et des chaînes en or partout. Des poils noirs recouvrent son torse bronzé et il porte une perruque genre moumoute.

– Qu'est-ce que tu fais ici ? hurle-t-il.

C'est pire que d'être surprise en train de tricher en classe. Les profs, eux, n'ont le droit ni de vous tuer ni de vous enfermer dans le coffre d'une Mercedes. J'attrape mon portable mais, dans la panique, il tombe par terre.

– Dé… désolée, je bredouille. Je cherchais les toilettes. J'étais avec le groupe et ils m'ont dit que c'était par là.

– C'est vrai, ça ? m'interroge Wiggins en me scrutant. Les toilettes sont dix mètres plus bas. C'est écrit dessus, mais t'es peut-être trop bête pour savoir lire.

– Ah bon ? Je ne les ai pas trouvées.

– Mais tu as su trouver mon bureau, gronde-t-il.

– Votre bureau ? Je suis désolée, je ne voulais pas vous déranger.

La porte de secours s'ouvre brusquement.

– Gemma ?

Heureusement, c'est la voix de Sam.

– Tu as trouvé les toilettes ?

Wiggins ne me quitte pas des yeux tandis que je recule jusqu'à Sam.

– Ça va ? me demande-t-il. Tu t'es perdue ?

– Ouais.

Le regard de Wiggins me glace.

– Tu as froid ? fait Sam.

– Oui, il fait frisquet ici, dis-je, au bord de la nausée.

11

– Te voilà enfin ! me lance Savannah en me rejoignant à travers la foule.

Je dois absolument envoyer un SMS à Will.

– Où étais-tu passée ? questionne-t-elle, un verre de jus de fruit à la main.

– Sam me faisait visiter les coulisses.

– Ah oui ?

– Je le lui avais demandé.

– Bizarre…

– Qu'est-ce qui est bizarre ?

– Toi et Sam.

Il faut absolument que je prévienne Will.

– Il n'y a rien entre Sam et moi. C'est Cindy qu'il aime. Je voulais juste visiter les coulisses.

– Ouais, c'est ça, persifle Savannah, qui a retiré son manteau.

Avec sa robe noire, elle est magnifique. Son rouge à lèvres foncé luit sous les lampes disco et lui donne un air de vampire.

– Tu veux un Coca ? Leo s'est fait pote avec le type du bar. Il peut nous avoir ce qu'on veut.

– Oui, un Coca, dis-je en espérant qu'elle s'éloigne et me laisse enfin faire mon SMS.

La musique envahit la scène. Sam est au micro tandis que son groupe s'installe.

– Ça commence ! crie Savannah. Je vais retrouver les autres, tu me suis ?

Les autres, c'est-à-dire Leo et son fan-club.

– Dans une seconde. J'ai promis à maman de l'appeler pour lui dire que tout va bien.

– D'accord, acquiesce Sav en se faufilant dans la foule massée devant la scène. Dépêche-toi !

Je me précipite sur mon portable.

« J'ai trouvé quelque chose. »

J'attends une réponse, mais rien. Je vais dans l'entrée pour avoir plus de réseau. Allez, Will ! Je suis trop impatiente, du coup je l'appelle. C'est occupé. Qu'est-ce qu'il fabrique ? Il est peut-être en ligne avec un numéro Vert anti-quatrième à qui il déverse ses insultes ? Je parie qu'il pourrait payer pour ça. Je fais les cent pas devant le videur, qui commence à me regarder de travers. Savannah surgit en grattant une guitare imaginaire.

– Le groupe de Sam est génial ! s'écrie-t-elle. En plus, il t'a dédié une chanson, c'est trop mignon !

– Ah bon ?

– Mais oui ! Qu'est-ce que tu as à rester là ?

– Je dois téléphoner, je réponds en lui montrant mon portable mais, au même moment, le nom de Will s'affiche.

Savannah me regarde de travers.

– Qu'est-ce que tu trafiques ?

– Un truc pour le webzine.

– Maintenant ?

Je décroche.

– Salut, Will. Retournes-y, Sav ! On ne sait jamais, Sam va peut-être te dédier une chanson, à toi aussi !

– Ce serait génial ! Leo serait impressionné ! s'exclame-t-elle en s'éloignant enfin.

– Gemma ? hurle Will. Alors ?

– Salut, Will.

– Alors ? Qu'est-ce que tu as trouvé ? répète-t-il sur un ton de SS.

– Je l'ai entendu parler de came.

– De came ! s'écrie-t-il comme si je venais de lui annoncer qu'il avait gagné au Loto.

– Je crois qu'il fait du trafic dans la boîte, dis-je en jetant des coups d'œil inquiets au videur.

– J'arrive dans dix minutes, annonce Will. On se retrouve dehors.

Dix minutes ? Il compte emprunter le balai volant de Cindy la sorcière, ou quoi ?

Je raccroche et m'engouffre dans l'étuve survoltée.

***

Ça n'a pas été compliqué d'expliquer à Savannah que je devais rentrer. Elle n'en a qu'après Leo. J'aurais pu lui dire n'importe quoi. Que, par exemple, le cerveau de Tess avait explosé sur le papier peint de M. et Mme Simpson et que je devais les aider à nettoyer. Mais je me contente de lui dire que maman est malade et qu'elle a besoin de moi pour s'occuper de Ben. Elle me sourit et me gratifie d'un « d'accord ».

Je m'éloigne pendant le solo de guitare d'Alex.

– À lundi !

– Oui, à lundi, répète-t-elle en se rapprochant de Leo.

Après tout, je préfère ne pas la voir se coller à cet idiot.

Dehors, l'air frais est délicieux. Je fais des va-et-vient devant l'entrée en restant sous le néon. Je lève les yeux vers le ciel au cas où surgirait un balai volant, quand une voiture s'arrête devant moi. Will en sort puis fait claquer la portière, et la voiture démarre. Au passage, j'aperçois une femme derrière le volant.

– C'est ta mère ?

Je n'avais jamais pensé que Will puisse avoir une mère. Je l'aurais plutôt vu sortir vêtu de son blouson de cuir de la tête de Zeus. Mais j'aime bien l'idée qu'il ait une maman qui lui serve un bol de céréales.

– De quoi je me mêle ?

Son dédain me raidit aussitôt.

– C'était une simple question.

– Je ne suis pas venu ici pour te parler de ma famille. Alors, qu'est-ce que tu as trouvé ?

– Wiggins attend une livraison de came.

– Tu me l'as déjà dit. Je veux savoir quand, où et comment.

Je commence par le commencement.

– J'ai trouvé son bureau et j'ai écouté à la porte. Il était au téléphone.

– Tu as un nom ? demande Will en sortant un carnet.

– Non, il a juste dit qu'on devait le livrer hier soir et qu'il voulait sa came.

– Il a dit quel genre ? Herbe, coke ou héroïne ?

– J'ai juste entendu « came ».

– Quoi d'autre ?

– Il était super énervé. Il a dit qu'il avait des clients qui attendaient et qui n'aimaient pas ça.

Will referme son carnet.

– Bon boulot.

J'attends une de ses petites piques habituelles, mais, non, elle ne vient pas.

– Bien, on a de quoi avancer maintenant, reprend-il en se passant une main dans les cheveux. Je vais nous avoir des billets pour le concert de la semaine prochaine, comme ça on reviendra ensemble et on continuera l'enquête.

Ensemble ! Il me prend vraiment au sérieux, on dirait ! Mais je ne lui montre pas ma joie et je reste concentrée.

– Tu ne crois pas qu'on devrait attendre ici ? La livraison aura peut-être lieu ce soir ?

Will fronce les sourcils.

– Non, trop dangereux. On doit y aller doucement.

***

On reprend le bus ensemble, ce qui me fait plutôt plaisir : je n'aime pas trop être dans les rues quand il fait nuit. Je brise le silence :

– Cindy crève d'envie de connaître le sujet de ton papier.

– Tu ne lui as rien dit, hein ?

– Non.

– Bon.

– Est-ce qu'elle est aussi dure en classe qu'en salle de rédaction ? C'est quoi, ton point de vue de seconde sur la Reine des glaces ?

– Un bon rédacteur en chef doit être dur.

Je n'en reviens pas : il prend sa défense ! Je préfère me taire. Pour bavarder, il faut être deux et, visiblement, il ne veut pas jouer le jeu. Mon portable vibre : un SMS de Tess.

« Super-soirée. Parents de Jeff super. Jeff super. Merci d'avoir été là. »

Je souris. Quand Tess est contente, moi aussi. D'autant que j'ai mis la main sur un gros trafic de drogue. C'est mon premier papier et c'est le jackpot ! Je vais enfin devenir célèbre. Je commence mon film imaginaire.

Un journaliste local me harcèle.

– Quand avez-vous découvert que Wiggins faisait du trafic d'héroïne ? me demande-t-il, son carnet à la main.

Mais je n'ai pas le temps de répondre : un type en costume arrive et me tend sa carte.

– Gemma Stone ?

– C'est moi.

– Beau papier, me dit-il en me serrant la main. Notre journal a besoin de reporters comme vous. Du sang neuf, ayant le sens du terrain.

Me voilà dans une salle de rédaction londonienne. Les journalistes pianotent à toute vitesse des articles brûlants sur leur clavier.

– Stone ! s'écrie le rédacteur en chef de son bureau. Venez ici !

Je m'assois devant mon patron qui fait les cent pas.

– On vient de m'appeler, m'annonce-t-il. Votre papier sur le plus gros cartel de Grande-Bretagne a été nominé pour le prix du meilleur article par le comité

international de la presse. Dire que vous n'avez que quinze ans ! Vous serez la lauréate la plus jeune de la profession.

– Si je gagne, je réponds prudemment.

– Vous gagnerez, Stone, vous gagnerez !

12

Comme tous les dimanches soir, papa essaie de chasser le blues du lundi qui s'infiltre dans toutes les maisons comme un sale brouillard. Il me lance la salière sans crier gare.

– Allez, rattrape-moi ça !

Je réagis aussi sec, en renversant mon verre au passage.

– Philip Stone ! s'écrie maman. Tu te comportes comme un gamin ! Quel exemple !

Trop tard, Ben s'est pris au jeu. Il attrape le poivrier et le lance à papa, qui rate son coup et se retrouve tout couvert de poivre. Ses yeux le piquent, il éternue comme un volcan en éruption. Ben est mort de rire. Il tombe de sa chaise, plié en deux, et moi aussi. Maman donne à papa des mouchoirs en papier parce qu'il n'arrête plus d'éternuer. Papa se lève.

– Ça va, chéri ? questionne-t-elle, inquiète.

– Je vais mourir ! gémit-il en se tenant au mur et en faisant mine d'être à l'agonie.

– Tu es le papa le plus drôle du monde ! s'exclame Ben.

Papa enlace mon petit frère.

– Merci, mon grain de poivre adoré.

On se remet à table et maman pose sa question favorite :

– Comment ça va, à l'école ?

– Bien.

Elle voudrait des détails, mais comment lui en donner sans lui faire un exposé géopolitique de la situation à Green Park ?

– Comment va Tess ?

– Bien aussi, je répète, évitant de mentionner la rencontre avec les parents de Jeff.

– Et Savannah ? insiste-t-elle. Elle avait l'air un peu bizarre, vendredi.

– Non, non, ça va.

Je dois absolument raconter à maman les derniers développements, mais pas ce soir car je dois finir en vitesse ma saucisse purée pour aller écrire mon horoscope. Demain, on boucle et, vu que tous les autres accaparent les ordinateurs de la salle de rédaction, j'ai intérêt à le faire ce soir.

– Tu ne veux pas de dessert ? demande maman en me voyant ramasser mon couvert. Il y a du cheesecake.

J'adore ça ; j'hésite, mais non.

– J'en prendrai plus tard, quand j'aurai fini mes devoirs.

C'est le mot magique. Il suffit que je le prononce pour que maman soit en extase.

– D'accord, trésor, je t'en garde une part.

Je file dans ma chambre et me mets à taper.

Balance

C'est mon signe. Depuis ma découverte au Sounds, j'ai la tête pleine de rêves concernant ma future carrière. Peut-être qu'en les écrivant ils s'exauceront ?

Une percée professionnelle a mis les astres de votre côté. Après avoir prouvé votre valeur au reste du monde, vous allez enfin saupoudrer votre vie terne d'un peu de poussière d'étoiles. Vous êtes en verve et la chance vous sourit.

Au tour de Marcus, maintenant. Je revois ses yeux brillants vendredi soir, dans le bus, alors qu'il admirait Savannah et je me demande comment il a passé le reste de la soirée. Sans doute à observer le manège des deux tourtereaux avec dépit.

Sagittaire

Courage, tout n'est pas perdu : le fruit dont vous rêvez est toujours sur l'arbre. Ne vous éloignez pas trop et il tombera rien que pour vous. Et si vous y goûtez, ne jouez pas les Newton et ne pensez surtout pas à la gravité de la situation. Croquez-le à belles dents et savourez-en la douceur.

À Sam. Il mérite quelque chose. Après tout, c'est grâce à lui que j'ai pu dénicher mon scoop.

Capricorne

La semaine dernière, vous avez éclipsé tous les astres. Plus doué que les autres, vous êtes une fusée en route vers la Lune. Ce petit pas va bientôt se transformer en pas de géant. Mais n'oubliez pas votre drapeau parce que, une fois là-haut, il vous faudra signaler votre victoire.

Je prends mon portable pour relire les gentils SMS qu'il m'a envoyés vendredi, après la soirée.

« Ça va ? »

Il a demandé mon numéro à Savannah, car il ne m'a pas trouvée après le concert. Il est si gentil, ce Sam. Je lui dois une mention spéciale.

Savourez votre succès. Vous le méritez. Vous êtes le signe le plus attentionné du zodiaque.

On sonne à la porte. J'entends maman qui bavarde et je reconnais la voix de Tess. Elle vient comme tous les dimanches pour notre petit bilan de fin de week-end. Maman essaie sûrement de lui tirer les vers du nez, vu que je n'ai rien lâché pendant le dîner. Je devrais la tirer de cet interrogatoire, mais elle saura bien se débrouiller toute seule. J'ai vraiment besoin d'écrire l'horoscope de Savannah. Inutile de tourner autour du pot, je vais y aller franco, cette fois. Pas question qu'elle ignore l'avertissement de Jessica.

Poissons

Salut, le poisson rouge ! Ouvrez grand vos ouïes et écoutez-moi bien. Arrêtez d'ingurgiter du cheesecake made in America, *vous allez vous rendre malade. Ne mettez plus les nageoires sur des produits américains et cherchez plutôt du plancton bien de chez nous.*

Tess me rejoint dans ma chambre, une assiette de cheesecake dans chaque main.

– Ta mère m'a demandé de te donner ça.

Elle s'assoit sur mon lit, la bouche pleine de gâteau. Pas très élégant, mais on n'est pas regardant avec sa meilleure amie.

– Alors, ce dîner avec les parents de Jeff ?

Elle enfourne une deuxième bouchée de gâteau, mais je lui retire son assiette.

– Je veux la version sans miettes, je précise.

– D'accord.

Elle se relève d'un bond.

– Donc, je suis arrivée, j'ai dit bonsoir madame Simpson, bonsoir monsieur Simpson, ils me prennent mon manteau. Jeff dansait d'un pied sur l'autre en me regardant d'un air terrifié comme si on opérait son chat à cœur ouvert.

– Il a un chat ?

– Non. Ensuite, après les bonjour bonsoir, ils me proposent de m'asseoir mais, comme on est dans l'entrée, je dis « Quoi ? Ici ? ». Alors Mme Simpson suggère qu'on se mette au salon et, là, ils disparaissent. Je me retrouve seule avec Jeff. Du coup, je me dis qu'ils sont partis médire de moi en privé, mais Jeff me rassure en m'expliquant qu'ils préparent le dîner. Et, là, je panique en imaginant qu'ils vont me servir de la girafe grillée ou un autre truc dégueu, mais Jeff répond que non, qu'ils ont fait du poulet.

Je finis par m'asseoir parce qu'elle a l'air partie pour la version longue.

– Je commence à me détendre, mais M. S., Trevor, revient vêtu d'un tablier et me demande si je veux un verre de jus de fruit. Je dis oui.

Je prends une bouchée de cheesecake, car j'ai besoin de forces pour suivre son roman-fleuve.

– Ensuite, on boit nos jus de fruit et je suis de nouveau en train de me détendre en voyant que leur maison est une maison normale avec des piles de journaux et de livres un peu rangés mais, bon, quand même pas trop. Ensuite Mme S. arrive, s'assoit sur un bras du canapé et se met à me dire qu'elle est contente de me rencontrer et qu'elle espère que j'aime l'ail parce que Trevor en met partout. Et là, je sors un truc débile : « Ça prouve que ce n'est pas un vampire. » Elle éclate de rire ! Tu te rends compte, Gem, je l'ai fait rire ! Et tu sais ce qu'elle me répond ? Qu'elle préfère les loups-garous. Je lui déclare que moi aussi, parce que les vampires sont trop compliqués, ils n'aiment ni le soleil, ni les bibles, ni les croix, ni l'ail. On se demande comment ils arrivent à tuer, vu qu'ils sont tellement chochottes, en fait.

– Tu as parlé de ça avec Mme Simpson ?

– Jane, elle s'appelle Jane, précise Tess.

– Elle a l'air sympa.

– Elle l'est ! Et moi, je continue à débiter mes âneries sur les vampires parce que je suis tellement à cran que je n'arrive pas à m'arrêter de parler. Mais ça lui a plu ! Et là Trevor est arrivé et a indiqué que le dîner était prêt.

– Tu as mangé du poulet à l'ail ?

– Tu es voyante ou quoi ?

– Je te rappelle que j'écris l'horoscope ; je sais tout, je vois tout. Bon, et après ?

– Ben, j'ai mangé sans me coincer un os dans la gorge ni m'asperger de jus.

– Ils t'ont posé des questions ?

– Oui, mais ça allait parce qu'ils avaient l'air de me considérer comme une vraie personne, pas seulement comme la copine de leur fils.

– Jeff a de la chance de t'avoir.

– C'est ce qu'a dit Jane ! Elle a dit qu'elle était contente qu'il s'intéresse à autre chose qu'au foot.

– Donc, ça s'est bien passé ?

– Oui, confirme Tess avec un sourire, je crois qu'ils m'aiment bien.

– Évidemment ! Comment peut-on ne pas t'aimer ?

– Ils ne m'en ont même pas voulu quand je me suis assise sur M. Woofy.

– Qui ça ?

– Leur caméléon.

– Un caméléon ?

– Heureusement, je l'ai vu à temps. Et ils n'ont rien dit non plus quand j'ai hurlé.

– Hurlé ?

– Ben oui, je voudrais t'y voir, toi ! Tu t'es déjà assise près d'un caméléon ?

– Non. Donc, à part le caméléon et tes cris, tout s'est bien passé ?

– Jeff a dit que j'avais été parfaite. Et ils m'ont invitée à revenir quand je voulais. Et toi, le Sounds ?

– C'était bien.

Je crève d'envie de lui raconter mon scoop, mais j'ai peur que ça ne nuise à notre enquête.

– Le groupe de Sam est bien ?

Comment lui avouer que j'ai raté le concert ?

– Oui, Savannah a adoré.

Au même moment, j'entends une autre voix familière dans l'escalier.

– Merci, Sarah, je vais y goûter, promis.

– C'est Sav.

– Tu es vraiment voyante, Gem ! s'exclame Tess en voyant entrer Savannah.

Elle a gardé son look gothique. Elle nous fixe de ses yeux maquillés en violet foncé puis se vautre sur mon lit.

– Je me suis habillée comme ça tout le week-end, mais il ne m'a même pas appelée !

Tess fait les yeux ronds.

– Elle parle de Leo, j'explique. Il a adoré son look.

– Sans blague ? laisse échapper Tess.

Je rattrape sa gaffe *illico*.

– Ben oui, puisque c'est le look le plus sexy, tu as oublié ?

– Pas assez, puisqu'il ne m'a pas demandé de sortir avec lui, observe Savannah.

Ouf ! Quand j'ai quitté le Sounds, j'aurais parié qu'elle l'avait conquis, mais les preuves de l'admiration de Leo n'ont manifestement pas dépassé le sourire.

– Il ne m'a même pas demandé mon numéro. Et il est parti avec Bethany !

Elle éclate en sanglots. Le cœur serré, Tess et moi, on se précipite pour la prendre dans nos bras.

– Qu'est-ce que j'ai fait de mal ? répète-t-elle en boucle.

Savannah n'a pas l'habitude qu'on lui résiste. C'est un vrai choc pour elle.

– C'est vrai, qu'est-ce que j'ai ? D'abord Josh qui me plante pour Chelsea, et maintenant Leo qui s'en va avec Bethany Richards ! Est-ce que je suis… est-ce que je suis devenue… moche ?

Tess éclate de rire. Je lui balance un oreiller au visage.

– Tess ! C'est sérieux !

En fait, je comprends pourquoi elle rit. Dire que Savannah Smith est moche, c'est comme dire qu'Einstein est un idiot. Mais bon, Savannah a vraiment le cœur brisé.

De la voir aussi triste, avec son mascara qui coule sur ses joues, me rend folle de rage. Il est grand temps que je passe à l'action.

13

Deux heures de maths, comme tous les lundis après-midi. Quel est le criminel qui a inventé ce supplice ? Quand la sonnerie retentit, j'ai la tête farcie de chiffres.

– Tu vas à la réunion du webzine ? me demande Tess.

– Oui.

– Je vais aller tirer quelques penalties, pendant ce temps. Comme ça, on pourra rentrer tous ensemble.

Elle quitte la salle en me faisant un dernier sourire. Je fends la foule des élèves en me faisant bousculer dans tous les sens jusqu'à la salle du webzine, j'ai la tête à l'envers et les cheveux hirsutes. Je m'attends à trouver une salle bondée, mais il n'y a guère que Sam qui tape à deux doigts sur son clavier.

– Où sont les autres ? dis-je, déçue de ne pas pouvoir apprendre les dernières nouvelles de Will sur Wiggins.

– À la bibliothèque, pour une réunion d'orientation. Ils vont arriver.

– Et toi, tu n'y es pas allé ?

– Non, moi, je sais ce que je veux faire.

– Quoi ? rock star ?

– Non, avocat spécialiste des questions d'environnement.

Mes sourcils se relèvent malgré moi.

– Il faut bien avoir un plan B, explique-t-il.

Ah bon ? Je ne m'imagine pas faire autre chose que du journalisme. C'est mon plan A et mon plan B.

– Tu es partie tôt du concert, vendredi. J'ai pensé que notre musique t'avait fait peur.

C'est le moment que choisit Will pour faire son entrée et poser violemment son sac sur une table.

– Elle avait rendez-vous avec moi, déclare-t-il.

Sam sursaute.

– Avec toi ?

– Que veux-tu ? Je suis irrésistible !

– Je croyais qu'elle avait meilleur goût, lance Sam d'un ton plein de mépris.

– Ben non, réplique Will en sortant deux billets bleus de sa poche. Tiens, Gemma, j'ai acheté deux entrées pour le prochain concert.

– Génial !

Sam a l'air désemparé.

– Tu vas au concert avec Gemma ?

– Qu'est-ce que ça peut te faire ?

Je n'aurais pas pensé qu'il trouverait bizarre qu'un troisième s'intéresse à une quatrième. Sa réaction me déçoit.

– T'inquiète, Sam, je prendrai bien soin d'elle.

– Tu es un amour, Will ! ironise Sam en remballant ses affaires.

– Tu ne restes pas pour la réunion ?

– Pas la peine. J'ai déjà envoyé mon article à Cindy par mail.

En parlant du loup, Cindy arrive dans la salle dans un nuage de parfum, Barbara, évidemment, dans son sillage.

– Ne t'en va pas, Sam.

– J'ai un rendez-vous, grommelle-t-il.

– On forme une équipe et tu en fais partie, proteste Cindy en posant ses doigts délicats sur le bras de Sam. Reste, s'il te plaît.

Son manège a l'air de marcher. Sam repose son sac et se rassoit.

Will se penche vers moi et murmure à mon oreille :

– Gemma, tu la boucles, hein ? Pas un mot de notre affaire à Cindy.

– T'inquiète.

Dave et Phil arrivent. Puis Jeff, un ballon sous le bras.

– Bon, vous êtes tous là, commence Cindy en se perchant sur un bureau. J'étais ravie de trouver plein d'articles dans ma boîte mail à l'heure du déjeuner. À part le tien, Will. J'avais tellement hâte de découvrir le papier passionnant que tu nous as promis la semaine dernière.

– Désolée, Cindy, c'est en cours. Gemma et moi, on a encore des recherches à faire. Il faut qu'on vérifie toutes nos informations.

Il a dit *Gemma et moi* ! Quel bonheur ! Je vais enfin cesser de compter pour du beurre, dans le webzine.

– D'accord, mais qu'est-ce que tu nous donnes cette semaine, William ?

– J'ai un truc tout prêt sur les tarifs des voyages scolaires. Je te l'envoie dès que je rentre chez moi.

– Dommage que Gemma et toi ne soyez pas prêts cette semaine, déclare Cindy de son ton de maîtresse de maternelle.

– On a beaucoup avancé.

– Ça, c'est sûr ! marmonne Sam.

– On ne doit pas se presser quand on tient un gros truc, argumente Will, mais tu verras, ça vaut la peine d'attendre.

Cindy se pince les lèvres si fort qu'elle ne pourra plus les décoller. Barbara lève le doigt.

– Je peux dire ce que j'ai, moi ?

Pour une fois, ça m'est complètement égal qu'elle nous assène un de ses papiers rasoirs puisque je suis sur un gros coup. Elle sourit bêtement.

– *Comment gérer les tâches domestiques et vivre dans un foyer harmonieux.*

– En étant gentil avec son lave-vaisselle ? persifle Will.

– Arrête un peu, intervient Sam d'un ton énervé. Il y a des gens qui aident les autres et qui ne se regardent pas le nombril.

Je me dandine sur ma chaise. Je n'en reviens pas que Sam soit aussi agressif, lui qui d'habitude arrondit les angles. Cindy bat des cils dans sa direction.

– Merci, Sam. Ça fait plaisir de se sentir soutenue. Qui d'autre veut nous parler de son papier ?

Dave et Phil commencent à expliquer qu'ils enquêtent sur les casques intégrés, mais ça n'a pas l'air de passionner Cindy, qui se tourne vers Jeff.

– Tu as pu couvrir des matchs importants ? demande-t-elle.

– Oui, j'ai des choses sur les équipes de filles de troisième et de quatrième.

– Bon, bon, fait Cindy distraitement en battant des cils vers Sam.

Jeff me lance un de ces regards codés qui signifient « C'est quoi, son problème ? » et je lui en renvoie un du genre « Elle est atteinte de "girlyte" aiguë ».

– J'ai adoré ton concert, Sam, minaude-t-elle.

Elle y était donc, elle aussi ? Pas étonnant ! Il a dû lui donner une entrée. Pourtant, je ne l'ai pas vue sur place.

– C'était gentil à toi de faire visiter les coulisses à Gemma, poursuit-elle en me fusillant du regard.

Elle nous a donc vus ?

– Oui, c'était juste pour être sympa.

– Tu pourrais recommencer cette semaine, suggère Will. Et je pourrais venir aussi ? Ça m'a toujours intrigué, les coulisses des concerts.

Je passe nerveusement la main dans mes cheveux. Sam va commencer à se méfier si on s'intéresse tous aux coulisses.

– Pas question ! On n'a pas le droit d'emmener trop de monde. Question de sécurité.

– Alors tu pourrais peut-être me les faire visiter, à moi ? propose Cindy.

Sam se lève.

– Peut-être. Je dois y aller. Au fait, mon papier à moi parle de la difficulté des nouveaux groupes à percer. Mais j'aurais dû en faire un sur les fans qui envahissent les coulisses !

Et il sort.

Il doit avoir des doutes, c'est sûr. Il faudra que je lui explique que c'était pour notre article, quand on l'aura terminé.

– On peut y aller aussi ? s'enquièrent Phil et Dave.

– Moi aussi, fait Will.

Cindy reste silencieuse. Le départ de Sam l'a complètement démotivée.

– Tu viens ? me lance Jeff près de la porte. Tess nous attend.

– Gemma ! s'interpose Cindy. Est-ce que je peux te voir une minute ?

Que me veut-elle encore ?

– Vas-y sans moi, Jeff. Je prendrai le bus suivant.

Barbara se plante devant la porte.

– Je n'en ai pas pour longtemps, lui dit Cindy.

– D'accord, je t'attends dans le préau.

– Je voulais faire un point avec toi, commence-t-elle d'une voix trop doucereuse pour être sincère. J'ai regardé la boîte de Jessica aujourd'hui et j'ai vu qu'elle recevait plein de messages. Tu dois t'investir à fond là-dedans, d'accord ?

– D'accord. Je vais envoyer des réponses.

– Génial… commente-t-elle.

Mais quelque chose dans sa voix me dit qu'elle n'a pas fini.

– Alors, comment ça se passe avec Will ?

– Ce n'est pas aussi dur que ce que je pensais.

– Il peut être très arrogant. J'avais peur pour toi.

– Vraiment ?

– Donc c'est un article intéressant ?

– Très, je réponds sans tomber dans son piège.

– C'est au sujet de l'école ?

– Pas vraiment.

– Ça concerne la ville ?

– Tu verras bien. Bon, je dois répondre aux mails des fans de Jessica, m'occuper de mon frère et j'ai une tonne de devoirs.

J'allume mon PC. Cindy me regarde du coin de l'œil tout en enfilant son manteau. D'habitude, les conversations avec elle tournent au vinaigre mais, cette fois, je me sens invulnérable.

C'est parce qu'elle a besoin de moi ! C'est évident ! Jessica Jupiter est la seule chroniqueuse du webzine à recevoir du courrier, et Jessica, c'est moi !

– À mercredi, Gemma.

– Salut.

J'entre mon mot de passe, le cœur léger. Je ne suis plus une pauvre fille de quatrième qu'elle peut manipuler à sa guise. La roue tourne et ma carrière va enfin décoller.

14

« Chère mademoiselle Jupiter,

J'adore votre horoscope, mais je suis très inquiète. La semaine dernière, vous m'avez annoncé qu'un chat allait me surprendre.

(Le chat des voisins avait renversé la poubelle pendant que j'écrivais mon Verseau. L'incident m'avait fait sursauter, mais m'avait aussi inspirée.)

J'ai la phobie des chats et j'ai encore plus peur qu'avant de les voir rôder partout. Donnez-moi s'il vous plaît l'heure et le jour exacts où je serai attaquée, afin que je prenne mes dispositions.

Très cordialement,

Rachel Spalding »

Pauvre Rachel ! Je dois vite lui répondre.

« Très chère Rachel,

Ne vous inquiétez pas. Le danger est passé. Si les chats ne vous ont pas encore attaquée, c'est qu'ils ne le feront pas. Vous êtes aussi libre que Titi devant Gros Minet. Les félins ne rôdent plus dans votre ciel.

Astralement vôtre,

Jessica »

Au suivant.

« Jessica,

Je suis un garçon et, d'habitude, je me fiche des horoscopes. Mais la semaine dernière, vous avez conseillé aux Scorpions de moins se maquiller.

(Cindy est Scorpion, pas étonnant.)

Alors, s'il vous plaît, donnez à votre horoscope une tournure moins « fille », au cas où les garçons se mettraient à le lire – ce qui n'est pas du tout mon cas !

Amitiés,

Anonyme

Jezevans145@hotmail.com »

Jez Evans a peut-être des problèmes avec l'anonymat, mais il a raison. Je dois faire un effort dans ce sens et cesser d'ignorer la moitié de mon lectorat.

« Cher Anonyme,

Quelle négligence de ma part ! Toutes mes excuses. À partir de maintenant, je vous promets d'accorder aux garçons la même attention qu'aux jolies filles, bien que vous ne soyez pas un lecteur fidèle.

Affectueusement,

Jessica »

Le suivant émane de quelqu'un qui a pour adresse allumeuse@gmail.com. Ça promet…

« Chère Jessica,

Merci pour vos merveilleux horoscopes. Ils m'ont beaucoup aidée. Mais là, j'ai vraiment besoin de vous, car je suis amoureuse d'un garçon nommé Leo.

(Encore une, je soupire.)

Je l'ai vu à un concert vendredi dernier. Il a été adorable mais, à la fin de la soirée, il est parti avec quelqu'un d'autre et ne m'a pas reparlé depuis. J'ai le cœur brisé. S'il vous plaît, dites-moi si nous sommes compatibles ou si mon amour est condamné à ne pas être réciproque. Il est Taureau et moi Poissons. Je sais qu'on est fait l'un pour l'autre, mais si vos prédictions le démentent, alors c'est sans espoir.

Désespérément vôtre,

l'Allumeuse »

Je m'affaisse au fond de mon siège. Je n'aurais pas dû l'attifer en gothique. Leo serait peut-être reparti avec elle, et pas avec Bethany. Et Savannah aurait le cœur léger au lieu de l'avoir en miettes. Je me sens horriblement coupable. Je dois réparer ma faute.

« Chère Allumeuse,

J'ai de bonnes nouvelles ! Les Poissons et les Taureau sont faits l'un pour l'autre. Continuez à croire en votre amour. Il a de la chance. Ne laissez pas quoi que ce soit empêcher cette union bénie des dieux.

Sincèrement,

Jessica »

Je clique sur « Envoyer » en me jurant de ne plus contrarier la vie sentimentale de Savannah. Après tout, qui suis-je pour savoir ce qui est bien pour elle ?

Dehors, le ciel est déjà noir et les feux clignotent dans la nuit. Je ferais bien de rentrer avant que maman ne s'inquiète.

Dans les couloirs, l'équipe de l'entretien s'affaire. L'un des employés a laissé la porte de service ouverte, et j'en profite pour me faufiler dehors. Comme ça, je serai plus vite à l'arrêt de bus. Mais, en longeant l'allée des poubelles, j'entends des voix de garçons qui ricanent. Je ne sais pas de qui il s'agit, mais ma curiosité de reporter me pousse à ralentir le pas.

– Pas question, les gars !

– Alors pourquoi tu as passé ta soirée à la draguer ? interrogent des voix moqueuses.

Je me poste dans un coin. Leo traîne avec deux autres types de troisième, Mark Eagles et Harry Cosenza.

– C'était juste pour rigoler. J'aime bien la voir me courir après.

– Elle est super bien roulée. Même habillée en gothique.

– Moi, je sortirais bien avec, ajoute Mark.

– Ouais, fait Leo d'un air détaché. Mais qui veut sortir avec une quatrième ? Elles ont toujours leur mère dans les pattes.

Je lutte pour ne pas leur sauter à la gorge.

– Moi, je te dis qu'elle te plaît, mais que tu refuses de l'admettre, le taquine Harry.

– Pitié ! grimace Leo. Je suis mannequin, pas baby-sitter. Pourquoi m'embêter avec une gamine alors que je peux sortir avec de vraies femmes ?

Je suis un volcan en éruption. Je recule, les poings fermés, prête à cogner cette espèce de crétin arrogant. Et puis je repense aux mails de Jessica. Oh non ! Dire que j'ai encouragé Savannah à s'accrocher, alors que cet abruti va lui briser le cœur encore plus fort !

15

– Je n'y crois toujours pas !

Savannah serre son portable contre son cœur pendant que Mme Davis nous distribue un extrait de *Roméo et Juliette.*

– « Une union bénie des dieux » !

Elle me montre le mail de Jessica une deuxième fois.

– Je savais que Jessica finirait par comprendre que Leo en vaut la peine !

Ça fait dix-huit heures que j'ai entendu les commentaires de Leo, mais ils bourdonnent toujours à mes oreilles.

Mme Davis s'arrête à notre hauteur.

– Je suis contente pour toi, fait-elle à Savannah. Ça te donne peut-être envie de nous lire la tirade de Juliette ?

Savannah se masse la gorge et tousse.

– Oh ! non, madame, je crois que je couve une angine.

Mme Davis fait une grimace sceptique. Elle a dû être mime dans une vie antérieure.

– Garde tes microbes pour toi, ma grande. Marcus ?

Celui-ci redresse la tête.

– Tu t'es si bien débrouillé avec le poème d'amour de Byron, l'autre jour. Que dirais-tu de venir lire le texte de Roméo ?

Bilal émerge de son demi-sommeil.

– Allez, Roméo, va déclarer ta flamme !

Mme Davis lui décoche un regard sévère.

Marcus se lève et avance vers l'estrade comme un condamné à mort.

– Ô Roméo, Roméo, pourquoi es-tu Roméo ? s'exclame Ryan du fond de la classe.

Mme Davis soupire et tend l'extrait à Marcus.

– Page 68, indique-t-elle. Et qui sera notre Juliette ?

Savannah me prend la main et m'oblige à la lever.

– Gem en meurt d’envie !

Je me sens rougir.

– Non… Pas du tout !

Mais Mme Davis me sourit.

– Si tu arrives à faire face à trente quatrième, alors tu sauras tout affronter dans la vie, déclare-t-elle.

– C’est la chance de ta vie ! me souffle Savannah, que j’ai envie d’étrangler.

– Je t’ai dit qu’il ne m’intéressait pas !

– C’est ce que tu dis, mais…

Mme Davis s’impatiente :

– Dépêche-toi, Gemma !

Sur l’estrade, j’évite le regard de Marcus.

– Commencez au début, précise Mme Davis.

Je m’exécute comme un robot.

– *Ô gentil Roméo ! si tu m’aimes, proclame-le loyalement : et si tu crois que je me laisse trop vite gagner je froncerai le sourcil, et je serai cruelle, et je te dirai non, pour que tu me fasses la cour : autrement, rien au monde ne m’y déciderait…*

« Pour que tu me fasses la cour » ? J’ai dit ça devant tout le monde, bon sang ! C’est encore pire que ce que je croyais.

Je reprends en accélérant.

– *En vérité, beau Montaigu, je suis trop éprise, et tu pourrais croire ma conduite légère ; mais crois-moi, gentilhomme, je me montrerai plus fidèle que celles qui savent mieux affecter la réserve.*

Mme Davis m'interrompt.

– Moins vite, Gemma ! Et essaie d'y mettre plus de chaleur. Juliette est exaltée par son amour.

Pour ce qui est de la chaleur, j'ai le visage en feu.

– *J'aurais été plus réservée, il faut que je l'avoue, si tu n'avais pas surpris, à mon insu, l'aveu passionné de mon amour.*

Je jette un œil à Marcus. C'est comme si on avait mis une betterave à la place de sa tête. Nos regards se croisent. Il a l'air désolé pour moi, comme s'il avait… pitié ! Parce qu'il pense que ce que je lis exprime ce que je ressens. Mieux vaut l'effacer de mon champ, et toute la classe avec lui, malgré les murmures qui circulent entre les rangs. Je me concentre sur la suite.

– *Pardonne-moi donc et n'impute pas à une légèreté d'amour cette faiblesse que la nuit noire t'a permis de découvrir.*

Marcus s'éclaircit la gorge et poursuit :

– *Madame, je jure par cette lune sacrée qui argente toutes ces cimes chargées de fruits...*

Mais je ne me démonte pas.

– *Oh ! ne jure pas par la lune, l'inconstante lune dont le disque change chaque mois, de peur que ton amour ne devienne aussi variable !*

Bilal lève la main.

– Est-ce que quelqu'un peut m'expliquer ce charabia ?

– Bonne question, Bilal ! le félicite Mme Davis. Qui peut nous expliquer ce qu'ils disent ?

Des murmures mêlés de rires fusent de part et d'autre de la salle. Puis Tess lève le doigt.

– Qu'on ne peut pas faire confiance à la lune ?

– À cause des loups-garous ? suggère Ryan en riant.

– Ou des vampires ? ajoute Sally. Allez, Roméo, plante donc tes crocs dans le cou de Gemma, ce sera plus drôle !

Marcus se tortille. Pour ma part, je suis déjà morte de honte depuis quelques minutes, alors ils peuvent bien raconter ce qu'ils veulent.

– Et toi, Gemma ? Qu'est-ce que tu en penses ? m'interroge Mme Davis.

Surprise mais ravie de ruminer autre chose que mon humiliation, je replonge dans le texte et me lance :

– Juliette voudrait que Roméo lui dise qu'il l'aime et elle a peur qu'il ne la rejette si elle lui exprime ses sentiments. Elle se demande si elle n'aurait pas dû être moins directe, mais c'est trop tard…

– Un peu comme si elle avait affiché son amour sur son statut Facebook, lance Bilal.

La classe éclate de rire.

– Et maintenant, elle attend qu'il lui déclare sa flamme, ajoute Chelsea dans le brouhaha général.

– Bon, bon, ça suffit, intervient Mme Davis, qui a l'air ravie de l'enthousiasme général. Vous avez compris, mais calmez-vous, les autres classes travaillent.

Marcus me regarde comme une star dévisagerait un fan qui le harcèle.

– Mais si Juliette avait tourné sa langue sept fois dans sa bouche avant de se déclarer, Roméo ne serait peut-être pas mort, reprend Chelsea.

– Eh bien ? Est-ce que la pièce se serait mieux terminée ? demande Mme Davis.

– Pour Roméo, oui ! s'écrie Ryan.

– Mais Shakespeare a-t-il écrit sa pièce pour Roméo ?

Défaite, je rends son extrait à Mme Davis et retourne à ma place.

– Merci, Gemma.

– Tu devrais sortir avec lui, me glisse Savannah à l'oreille. Tu as vu comment il lisait sa tirade ? C'est un vrai romantique !

– Il ne m'intéresse pas !

– Alors pourquoi tu as rougi ? fait Savannah en ouvrant ses yeux de biche qui me donnent envie de tenir un fusil de chasse. Marcus est adorable, soupire-t-elle.

Ma colère retombe en sentant dans sa voix une pointe d'envie. Il y a peut-être encore un espoir. Elle a vraiment l'air de le trouver PPM – « Plutôt Pas Mal ».

Mais voilà qu'elle dessine un cœur sur son cahier et gémit :

– Leo aussi doit être adorable quand on le connaît mieux. Les roucoulements de *Roméo et Juliette* m'ont inspirée, ajoute-t-elle en remplissant son cœur de tout un tas de mini-cœurs. Je vais aller le voir pendant l'interclasse et lui dire ce que je ressens. Il est peut-être comme

Roméo, il a besoin que je me déclare pour s'engager.

Aussitôt les remarques moqueuses de Leo résonnent dans ma tête.

– Tu ne peux pas faire ça !

– Ne t'inquiète pas, je ne vais pas le lui dire de vive voix, je lui ai écrit un mot.

– Savannah Smith ! s'écrie Mme Davis depuis son bureau. Nous sommes en train de discuter tous ensemble, mais tu passes ton temps à bavarder !

– Non, je n'ai rien dit pendant la scène du balcon, proteste Savannah.

– Ça ne suffit pas ! Tu resteras pendant l'interclasse. Je te donnerai une lecture supplémentaire.

– Oh ! non, madame ! s'exclame-t-elle, abattue.

Je lui presse amicalement le bras tandis qu'elle pose un mot sur mes genoux.

– Le voilà. Tu peux le lui donner ?

Je le lui rends aussitôt.

– Tu es folle !

– S'il te plaît… Tu n'as qu'à le glisser dans son casier.

Mme Davis ne nous quitte pas des yeux. Inutile que Savannah se fasse punir une deuxième fois. Je lui reprends le mot.

– C'est bon, tu as gagné.

16

Dès la fin du cours, les élèves se ruent sur les distributeurs automatiques.

– Tess, tu viens ?

– J'ai promis à Jeff de le retrouver.

La lettre de Savannah me brûle les doigts.

– Oh ! il peut bien attendre un peu.

Il faut absolument qu'on se concerte sur l'attitude à suivre vis-à-vis de Leo. Mais Tess est dans sa bulle.

– Je lui ai promis de l'entraîner à tacler, il a un match cet après-midi.

Je fais un signe à Tess et m'en vais vers les casiers tout en sachant que je n'y déposerai pas le mot. Pas question qu'il en fasse une lecture à haute voix avec ses crétins de copains et qu'ils se moquent de mon amie. Je pourrais le perdre et dire à Savannah qu'il s'est envolé par la fenêtre ? Sauf qu'elle sera terrorisée à l'idée que sa déclaration atterrisse dans la cour.

J'ai une meilleure idée. Je pourrais m'en servir comme moyen de la rapprocher de Marcus. Si celui-ci le découvre dans son casier, il lui demandera sûrement de sortir avec lui. C'est la solution idéale. Je sais que son numéro est le 318, parce qu'il est près de celui de Tess. Je m'apprête à y glisser le mot, mais je suis interrompue.

– Qu'est-ce que tu fais ?

C'est Marcus. Non seulement Dieu existe, mais il me déteste.

Je bredouille :

– Tiens, Marcus, que fais-tu ici ? Je croyais que ton casier était plus loin.

– Tu sais très bien qu'il est à côté de celui de Tess, répond-il.

Je suis saisie d'effroi quand je sens le mot me glisser des mains et tomber par terre. Il le ramasse aussitôt.

– C'est pour moi ?

Il l'ouvre et le lit. Je recule, l'estomac noué, tandis que le visage de Marcus est en feu. Il bouge les lèvres, mais il n'arrive pas à sortir un son. Je me demande bien ce qu'a pu écrire Savannah.

– Ce n'est pas de moi ! Quelqu'un m'a demandé de le déposer.

– Écoute, je suis désolé, Gem, dit-il, les yeux brillants, je croyais avoir été clair. Je suis vraiment flatté parce que tu es une fille super, mais je ne ressens pas la même chose.

– Je t'assure que ce n'est pas de moi !

On dirait qu'il est sourd. Il s'approche et me tend la lettre.

– Je ne peux pas garder ce mot, je suis désolé. Je suis très touché mais je ne peux pas.

Mon regard balaie le couloir à la recherche d'une échappatoire, quand, heureusement, j'aperçois Sam.

– Tiens, Sam ! je m'écrie, comme si je ne l'avais pas vu depuis des mois. Où vas-tu ?

– En cours, répond-il sèchement.

– Tu passes devant les distributeurs ? On pourrait boire un Coca ?

Il me prend visiblement pour une folle.

– Non, désolé, ce n'est pas mon chemin.

– On pourrait prendre un Kit-Kat, alors ?

Sauve-moi !

– Non, Gemma, je dois aller en cours.

Marcus hausse les épaules d'un air navré et se dirige vers le gymnase. Je reste là, plantée comme une andouille, le mot entre les doigts, quand finalement je me décide à déplier la feuille. Il n'y a que trois mots horribles et sans signature : « Je t'aime. »

17

8 heures du matin. Je me regarde dans le miroir de l'entrée en songeant que je ferais bien de me couvrir la tête d'un sac en papier. C'est ce qu'on fait aux oiseaux, non ? Leur couvrir la tête pour qu'ils se calment. Comme j'ai une cervelle de moineau, ça devrait marcher sur moi aussi.

« JE T'AIME. »

Les mots tournoient dans ma tête et je jure sur ce que j'ai de plus cher de ne plus jamais me mêler de la vie sentimentale de qui que ce soit !

– Au revoir, maman.

Je quitte la maison, le cœur et le pas lourds.

Heureusement que c'est tombé sur Marcus, parce que n'importe qui d'autre l'aurait déjà mis sur Facebook. J'arrive au stop en même temps que le bus et je retrouve Tess.

– Salut, Gem. Tu sais, j'ai eu une idée. Et si, moi aussi, je glissais un mot dans le casier de Marcus ?

Je lui ai évidemment raconté la catastrophe d'hier.

– À quoi ça servirait ?

– Je n'aurais qu'à signer « Chelsea » ?

– Et s'il va la voir ? Et s'il te surprend en train de mettre le mot ? Imagine ce que va penser Jeff !

Assez de micmacs comme ça. Tout ce qui m'intéresse, désormais, c'est que Savannah et Marcus suivent les conseils de mon horoscope. Ça devrait être simple.

Alors pourquoi rien ne se passe comme prévu ?

***

J'ai passé la matinée à raser les murs et à me cacher derrière Tess. J'ai croisé Marcus, qui a souri avant de regarder ses pieds.

– Qu'est-ce qui se passe ? fait Sav en nous prenant par le bras, Tess et moi, pour aller déjeuner à la cafétéria. Tu n'as rien dit de la matinée.

– Je suis fatiguée, c'est tout.

– Mais c'est le jour du webzine ! D'habitude, ça te met de bonne humeur !

– Tu as lu le dernier numéro ? lui demande Tess.

– Bien sûr ! Enfin, surtout l'horoscope.

– Et que dit Jessica, cette semaine ?

– Elle s'inquiète pour mon régime, répond-elle en regardant son ventre. Vous trouvez que j'ai grossi ?

– Pas du tout, s'indigne Tess en fixant son ventre plat.

– C'est peut-être à cause de ça que Leo ne m'a pas encore répondu, soupire-t-elle.

– Il n'a peut-être pas vu ton mot... Il a dû glisser derrière ses affaires de sport.

Savannah n'a pas l'air convaincu.

– Vous avez déjà regardé les filles des séries américaines ? À côté d'elles, j'ai l'air d'une baleine.

– Arrête tes bêtises, fait Tess.

– Sinon, pourquoi il aurait critiqué ma façon de manger ? Même Jessica me conseille d'arrêter le cheesecake.

– Tu crois vraiment qu'elle parlait nourriture ? dis-je.

– Qu'est-ce qu'il y avait exactement, dans ton horoscope ? questionne Tess.

– En gros, ça disait d'arrêter le cheesecake américain et de manger des plats bien de chez nous.

– Et si Jessica avait voulu dire autre chose ?

Avant que Savannah puisse répondre, nous arrivons à la cafétéria. Nous devons jouer des coudes pour aller jusqu'à notre table habituelle. Sally et Ryan sont déjà assis. Mon cœur se soulève quand je découvre Marcus à leurs côtés. Savannah m'invite à m'asseoir près de lui, mais je préfère aller à l'autre bout de la table. Tess s'installe à côté de moi.

Sally brandit une feuille de papier en souriant.

– Je l'ai imprimé !

– L'horoscope ! s'écrie Savannah en le lui arrachant des mains. Que dit le tien ?

– *Ne parlez pas la bouche pleine, vous pourriez avoir quelque chose coincé entre les dents*, lit Sally en haussant les épaules. Jessica est très branchée nourriture, cette semaine.

Ou bien elle essaie de te dire de ne plus colporter de ragots à tort et à travers, je pense.

Je retire le couvercle de ma boîte en plastique et je prends une pomme. Savannah, elle, a une mousse au chocolat. Sally lui décoche un regard assassin.

– Jessica t'a pourtant dit d'y aller doucement sur les desserts.

– Non, seulement sur le cheesecake, rectifie Savannah.

– Fais attention à ce que Jess te conseille, elle ne s'est jamais trompée, jusque-là.

Savannah hésite à manger sa mousse, tandis que Sally attrape ma pomme sur laquelle est collé un petit autocollant avec le drapeau anglais.

– Jessica n'a pas parlé de petits plats bien de chez nous ?

– On échange, Gem ? me propose Savannah.

Devant son air malheureux, j'accepte. Sally fait rouler ma pomme jusqu'à Savannah et, soudain, je me souviens de ce que j'ai écrit pour Marcus. *Et si vous y goûtez, ne jouez pas les Newton et ne pensez surtout pas à la gravité de la situation. Croquez-le à belles dents et savourez-en la douceur.*

Je prie pour qu'il ait lu la rubrique et qu'il fasse le lien avec la pomme. Il rougit en voyant Savannah mordre dedans.

– Hello, Savannah-Toundra !

La voix de Leo fait sursauter Savannah. Il s'approche de notre table, Bethany derrière lui. Il fixe la pomme.

– Bon choix. J'ai une tante qui ne mange que des fruits. Elle a presque trente ans, mais elle en paraît vingt-cinq.

Sally chuchote à l'oreille de Savannah, dont le visage s'illumine. Leo s'assoit à une autre table.

– Tu as raison ! Comment Jessica a-t-elle su qu'une pomme attirerait son attention ? Cette femme est incroyable ! Si seulement je pouvais la rencontrer !

Sally en rajoute :

– Ce serait génial ! Gemma, tu ne pourrais pas arranger le coup ?

– Non ! j'aboie au visage de Sally, qui n'y comprend rien.

Je me ressaisis et lui souris.

– En fait, elle vit loin d'ici, alors c'est compliqué.

– Où habite-t-elle ? demande Savannah.

– Je ne sais pas.

– Alors pourquoi dis-tu que c'est loin d'ici ?

– Parce que c'est ce que Cindy nous a dit.

Je dois changer de sujet de conversation immédiatement. J'attrape la feuille de Sally.

– Hé ! Marcus, tu as lu ton horoscope ? *Courage, tout n'est pas perdu : le fruit dont vous rêvez est toujours sur l'arbre. Ne vous éloignez pas trop et il tombera rien que pour vous.*

Savannah bondit sur l'occasion et me rend ma pomme.

– Eh ! C'est *ta* pomme !

On dirait une patate chaude entre mes doigts. Paniquée, je la lance à Marcus et me lève.

– Je n'ai pas faim, je déclare en quittant la salle.

– Gemma ! s'écrie Tess en me suivant.

– J'ai encore tout faux, hein ?

– Disons que c'était bizarre, admet-elle. Enfin, on ne peut pas dire que lancer une pomme soit vraiment une technique pour draguer !

– J'aurais dû faire quoi ? M'asseoir et la manger sous ses yeux ? Pourquoi Savannah ne l'a-t-elle pas gardée, bon sang ?

– Elle a voulu t'aider.

– Je sais. Jessica Jupiter est une imbécile. Elle ne fait qu'aggraver les choses au lieu de les arranger. Dire qu'ils veulent tous la rencontrer !

– T'inquiète, fait Tess en me prenant le bras. Je vais y retourner et leur dire que tu étais en retard à ta réunion du webzine.

– Merci…

– N'oublie quand même pas d'avaler quelque chose, me conseille-t-elle en repartant vers la cafétéria.

Mais j'ai l'appétit coupé.

***

– Salut, Sam.

Il n'y a que lui dans la pièce. Il gratte sur sa guitare sans relever la tête.

– Salut.

– Tu as le trac pour vendredi ?

– Non.

Heureusement, Cindy et Barbara arrivent. Leur bavardage rompt le silence pesant. J'imagine que personne ne peut être tout le temps de bonne humeur, pas même Sam…

– Bethany commence à avoir l'accent américain, dit Cindy à son amie. Elle parle comme une Barbie, c'est ridicule.

– Je trouve ça mignon, déclare Barbara.

– Oui, mais pas assez mignon pour Leo-l'Idiot, riposte Cindy en s'asseyant. Salut, Sam.

Il lui répond sans la regarder plus que moi. Tous les autres déboulent les uns après les autres.

– Ton papier sur les tarifs des voyages scolaires a bien marché, Will, commence Cindy, on a déjà reçu quatre mails, mais tout le monde t'accuse d'être un pleurnichard trop gâté. Nos lecteurs sont malins.

Elle jubile.

– Quelle importance ? rétorque Will. Ce qui compte, c'est que les profs réfléchissent. Le proviseur m'a déjà passé un savon.

– C'est normal, intervient Barbara, il doit faire face aux angoisses des parents.

– Tu parles !

Cindy lit ses notes.

– Bons retours sur votre papier, Phil et Dave. On a déjà deux mails.

– Et sur mon article *Comment gérer les tâches domestiques et vivre dans un foyer harmonieux* ? s'inquiète Barbara.

Cindy la rassure :

– On n'a encore rien reçu, mais ça va venir.

– Je suis sûr que les mails vont pleuvoir quand tes lecteurs auront sorti la poubelle, se moque Will.

– Au fait, comment avance ton grand article, Will ? demande Cindy en tournant la tête vers moi. Vous avez enfin trouvé un scoop ?

Je laisse Will répondre.

– On verra ça vendredi.

– Ah bon ? Donc vous ne viendrez pas au concert de Sam ?

– Je croyais que vous aviez pris des places ? rétorque celui-ci.

– Je veux ! On ne va pas rater ça, n'est-ce pas, Gemma ?

Sam renifle et se replonge dans sa guitare. Cindy reprend le contrôle de la situation.

– Jeff, Mme Bayliss te félicite. Elle dit que tu as très bien rendu compte de la finale de volley des quatrième. Elle est contente de voir que tu te donnes autant de mal pour les compétitions féminines que pour les masculines.

Il hausse les épaules.

– C'était un super-match.

– Bien. Est-ce que vous avez tous une idée pour votre prochain papier ? poursuit Cindy.

– Oui, dit Phil. On va faire quelque chose sur le nouvel iPhone.

– Super !

– Que pensez-vous d'une comparaison entre les collèges américains et les collèges anglais ? suggère Barbara.

– Tu vas interviewer Leo ?

– Oui, ça peut être intéressant, répond-elle.

– Au moins, il arrêtera de se vanter un moment ! marmonne Will.

– Tu ne serais pas jaloux ? lance Cindy, les yeux brillants. Leo te volerait-il la vedette ?

– Qu'il se la garde, sa vedette ! réplique Will. D'ailleurs, je m'étonne que tu ne fasses pas partie de son fan-club.

– Ce n'est pas mon genre ; trop crâneur.

– Tu t'entendrais bien avec Jessica Jupiter, ironise Will. Elle conseille à un douzième du lycée d'arrêter le cheesecake *made in USA*.

Il a lu mon horoscope ! Je me cache derrière mes cheveux pour sourire.

Sam se lève.

– Bon, on a fini ?

– Je pense, confirme Cindy et, comme chaque fois qu'il sort précipitamment, elle se dépêche de ranger ses affaires pour le suivre. Sam, vendredi…

Tandis qu'ils sortent, Will m'attrape par le bras.

– Prête pour vendredi, Stone ?

Plus que jamais !

– Ne sois pas en retard, hein ?

Jamais de la vie ! Je suis en marche vers mon premier scoop !

18

– Jeff nous retrouve à l'arrêt de bus, me prévient Tess en se regardant dans mon miroir.

On est vendredi, jour du concert. Savannah est vautrée sur mon lit, gothique des pieds à la tête.

– C'est super parce que, cette semaine, on est toutes ensemble, fait-elle en ajoutant un trait d'eye-liner à ses paupières déjà très noires.

Tess est jolie comme un cœur avec sa robe rose et ses talons.

– Tu ne te changes pas ? me demande-t-elle.

Comme je n'y vais pas pour batifoler mais pour enquêter, j'ai mis un jean et un haut tout simple, comme la semaine dernière.

– Je suis plus à l'aise comme ça.

– Tu pourrais au moins arranger tes cheveux, fait Savannah en brandissant une brosse.

Elle commence à me coiffer.

– Ils sont trop frisés.

– Tu es folle, ils sont magnifiques !

Je lui bloque les mains.

– Laisse-les comme ils sont.

– Bon, comme tu voudras.

Je grimpe dans le bus et je commence à me diriger vers le fond, avec Savannah et Sally, quand, brusquement, une main m'attrape le poignet. C'est Will. Il se tient la tête contre la vitre, et il a relevé le col de son blouson.

– On ne doit pas se quitter de la soirée, m'informe-t-il, parce que, si on voit un truc louche, il faut que l'autre en soit témoin. Sinon, c'est la parole de Wiggins contre la nôtre.

Savannah se retourne.

– Gem ?

– Euh… je m'assois ici.

Elle me fait un clin d'œil et va tout au fond du bus avec Sally. C'est pas vrai ! Maintenant, elle va penser que j'en pince pour Will !

Il regarde mes cheveux.

– Tu aurais pu mettre un chapeau. Le style « crinière de lion » marche peut-être au collège mais, pendant une enquête, tu dois passer inaperçue.

Vexée, je prends un élastique dans ma poche et rassemble ma tignasse en queue-de-cheval.

Nous sommes arrivés à destination, et mes amies descendent ensemble.

– Tu viens, Gem ? demande Savannah.

– C'est Will qui a ma place, dis-je.

Will prend un air de Grand Méchant Loup.

– T'inquiète, je ne vais pas la manger.

Savannah échange un regard entendu avec Sally.

– Bon, on se retrouve à l'intérieur.

J'ai hâte que notre article soit publié pour qu'enfin je puisse expliquer pourquoi je traîne avec Will.

Nous nous dirigeons vers le Sounds, sous le crachin, les uns derrière les autres. Je suis Will comme un petit chien. Il présente nos billets, nous entrons et je vais vers la piste de danse en le tirant par le bras.

– Par ici.

Alex et Kenny font des réglages sur la scène tandis que la voix de Beyoncé emplit tout l'espace. Savannah et Sally se débrouillent pour rejoindre la bande de Leo au bar.

Tess vient aussitôt à notre rencontre.

– Vous vous asseyez avec nous, hein ?

– On doit d'abord aller dire quelque chose à Sam, ça concerne le webzine, on en a pour cinq minutes.

– O.K., acquiesce-t-elle en haussant les épaules. Je vais essayer de faire danser Jeff en attendant.

– Comment on accède aux coulisses ? s'enquiert Will.

– Par là.

On s'extirpe de l'ambiance surchauffée de la salle pour retrouver l'air frais des couloirs. Mes poils se hérissent. Et si Wiggins me reconnaissait ? J'aurais vraiment dû mettre un chapeau. Je regarde un peu partout autour de moi, mais le couloir est désert.

– De quel côté ? demande Will.

– Là.

La voix de Sam nous parvient. Il discute avec Pete.

– Allez, on y va !

– Vite, Will !

Je l'entraîne vers l'issue de secours, quand Sam et Pete sortent du vestiaire. Heureusement, nous avons déjà passé la porte.

– Wouah ! s'exclame Will en découvrant les piles de boîtes contre le mur.

Il y en a deux fois plus que la semaine dernière. Sans doute à cause de la fameuse livraison.

– Je me demande ce qu'il peut bien y avoir à l'intérieur, déclare Will.

J'examine le bout du couloir qui mène au bureau de Wiggins. Au loin résonnent les premiers accords de guitare du groupe, puis Sam entame son premier couplet. Will retire l'une des boîtes de la pile, mais elle est fermée avec du gros Scotch. Il sort une carte de crédit de sa poche, et s'en sert comme d'un cutter pour ouvrir le couvercle. Mais j'entends des pas qui s'approchent.

Wiggins !

– Attention ! dis-je à Will.

Wiggins est flanqué d'un type géant, une vraie armoire à glace. On dirait un gorille rasé.

– Que faites-vous ? vocifère Wiggins, le visage tout rouge.

Son gorille passe devant lui. La terre se dérobe sous mes pieds.

– Cours ! je crie à Will en fonçant vers la porte de secours.

Le cœur battant, je me retourne, mais Will ne m'a pas suivie. Le gorille l'a attrapé et plaqué contre le mur. Entre ses doigts énormes, Will a l'air d'un nouveau-né.

– Appelle la police ! m'ordonne-t-il.

Mais le gorille lui assène un coup dans l'estomac. Terrifiée, je m'enfuis en longeant les vestiaires. Je grimpe un escalier et finis par me cacher derrière de grands baffles. Soudain, le monde devient bruit, fureur et projecteurs.

Oh non ! Me voilà sur la scène !

La batterie tonne derrière moi tandis que j'essaie d'y voir quelque chose. Sam est debout devant son micro et me fixe sans cesser de chanter. Un objet dur se plante dans mon dos et me fait pivoter. Alex me sourit et me fait traverser la scène avec sa Fender. Alors que j'avance jusqu'à Sam, celui-ci attrape un tambourin et me le fourre entre les mains.

– Secoue-le, commande-t-il.

Sonnée par ce qui vient de se passer, j'obéis. La batterie me vrille le cerveau et mes oreilles se mettent à siffler. J'essaie de suivre le rythme, mais chaque coup que je donne sonne faux et décalé. Un chimpanzé ne ferait pas mieux.

– Gem !

Devant la scène, Savannah fait de grands gestes tandis que Tess m'encourage.

Génial ! J'ai un fan-club, moi aussi. Je leur souris malgré moi.

– Un solo de tambourin ! rugit Tess.

Sam et Alex échangent un regard puis Sam fait un signe de la tête à Kenny et à Pete.

Les décibels se calment afin de rendre hommage à mon misérable tambourin, que j'agite comme un enfant à un mariage. Je secoue l'instrument au-dessus de ma tête et tape dessus frénétiquement de mon autre main. La foule hurle de joie. Savannah et Tess sont pliées de rire. J'implore Sam du regard, qui signale au reste du groupe de reprendre. Je trébuche et me retrouve coincée entre la basse de Pete et la batterie de Kenny.

Will s'est fait prendre ! Je dois appeler la police ! Je me faufile afin de sortir de la scène et passer un coup de fil, sous le regard incrédule de Sam. Je hausse les épaules d'un air désolé et disparais dans l'obscurité.

Mes doigts tremblent en composant le numéro de la police. À l'autre bout de la ligne, une voix me demande mon nom, mon numéro, jusqu'à ce que je hurle : « Il y a des trafiquants de drogue au Sounds ! Ils ont attrapé mon copain Will. Ils vont le tuer ! »

Je raccroche. J'enjambe de nouveau la forêt de câbles et de boîtes qui jonchent le sol pour regagner les coulisses. La porte de secours est sur ma droite. Mais le couloir est vide. Où ont-ils donc emmené Will ? Soudain, la voix de Wiggins résonne. Sur la pointe des pieds, j'avance en direction de son bureau. Wiggins est sur le seuil tandis que son gorille tient toujours Will dans ses griffes.

– Je te pose la question une dernière fois, fait Wiggins en s'approchant de Will, que faisais-tu ici ?

– Dites à votre videur de me lâcher et je vous répondrai, rétorque Will.

Wiggins fait un signe de tête à l'armoire à glace, qui relâche son emprise.

– Je fais partie du groupe, commence Will en se frottant les poignets. Ils m'ont demandé d'aller leur chercher des trucs à grignoter.

– Et c'est pour ça que tu as ouvert les boîtes ?

– Je n'ai pas trouvé de distributeur, donc j'ai ouvert une boîte en espérant trouver à manger.

Il m'impressionne. Il est tellement convaincant que, même moi, je le croirais presque.

De jeunes reporters font tomber un baron de la drogue.

Ça y est, j'écris déjà l'article dans ma tête.

La nuit dernière, deux adolescents ont investi un repaire de trafiquants et mis la main sur la plus grosse plaque tournante du monde.

Wiggins souffle son haleine au visage de Will.

– Pourquoi mettrions-nous des chips dans des boîtes scellées, petit malin ?

Le trafiquant, Dave Wiggins, a capturé l'un des reporters et lui a fait subir un interrogatoire musclé. Mais le vaillant journaliste n'a pas perdu son sang-froid, tandis que son acolyte était partie chercher du renfort.

Je vois déjà le papier à la une du *Times,* mais il nous manque une photo. Avec mon téléphone, je photographie les piles de boîtes.

– Hé, toi ! s'écrie Wiggins. Bon sang, combien sont-ils ?

Je recule jusqu'à la porte tandis que le gorille s'avance vers moi. J'appuie sur la poignée mais elle est bloquée.

– Viens par ici !

Mon cri strident déchire l'air alors que l'armoire à glace me saisit le bras.

19

– Lâchez-moi !

Je me débats comme une enragée entre les pattes du gorille, qui me plaque près de Will. Mon coéquipier me lance un regard désolé qui m'agace : comme si je ne connaissais pas les risques que je prenais en venant ici !

– Laissez-nous tranquilles, je crie à Wiggins. Nous n'avons rien fait !

– Vraiment ? Et ma boîte, espèces de voleurs ! réplique-t-il en désignant le carton laissé entrouvert par terre.

– Nous n'avons rien volé. Nous voulions juste voir la dro…

Will me fait taire d'un coup de pied.

– Je vous l'ai dit, nous cherchions des chips à grignoter après le concert. Appelez la police et faites-nous arrêter ! jette-t-il à Wiggins.

La porte de secours s'ouvre brusquement. Des bruits de bottes résonnent dans le couloir, puis deux policiers pénètrent dans le bureau.

– Relâchez ces gamins ! ordonne l'un d'eux.

Le gorille obéit et je pointe Wiggins du doigt.

– C'est un trafiquant de drogue !

– Le Sounds n'est qu'une couverture, ajoute Will en attrapant une boîte et en la lançant aux pieds du policier. Ouvrez ça et regardez !

Le policier a l'air perplexe.

– Eh bien, Wiggins, qu'en dites-vous ?

– Prends une photo, Gemma ! me lance Will.

Je prends mon téléphone et le braque sur le policier qui se penche vers la boîte. Il l'ouvre et en sort une chose rousse.

Et chevelue.

– De la drogue ? s'indigne Wiggins. Pour qui me prenez-vous ? Ça ressemble à de la drogue, à votre avis ?

Des perruques. Dave Wiggins est un trafiquant de perruques ! C'était donc ça, la « came » ? Le policier me sourit.

– Je suis le lieutenant McDonald et, lui, c'est le lieutenant Benbow, déclare-t-il en désignant son collègue.

Ledit collègue plonge sa main dans la boîte et en ressort d'autres perruques.

– Dave Wiggins, ironise-t-il, où avez-vous acheté ces merveilles ?

– Je vais tout vous expliquer, bredouille Wiggins.

– Vous avez des factures ?

– Je les ai, euh… perdues.

Benbow sort un carnet de sa poche.

– Nous savons qu'un hangar a été pillé le mois dernier. Il semblerait qu'il ait contenu une cargaison de perruques.

Je m'apprête à prendre une autre photo de Benbow qui s'approche de Wiggins, mais Will pose sa main sur mon épaule.

– Je crois qu'on en a assez, observe-t-il, je vais donner mes informations au policier, mais tu peux t'arrêter là, toi.

Je regarde McDonald.

– On va régler la paperasse, ma grande, tu peux retourner au concert.

De la paperasse ! Toute l'adrénaline qui m'agitait retombe d'un coup. Notre gros coup se dégonfle comme un ballon de baudruche.

– Merci pour le coup de main, miss, me dit le policier en me tendant sa main.

Je la lui serre en souriant. Ce n'est pas si mal, après tout, pour un premier essai. Je repars encore toute tremblante vers la salle de concerts. La musique et la chaleur m'aident à retrouver mon calme. Je cherche des yeux mes copines.

Leo et sa bande traînent encore près du bar, mais aucune trace de Savannah. Et la table à laquelle étaient assis Tess et Jeff est maintenant occupée par d'autres jeunes. Je me faufile dans la foule et tombe sur Sally, qui me saute dessus.

– Gemma ! Super, tu es là ! s'exclame-t-elle avec un peu trop d'entrain pour être sincère.

– Où est Sav ?

– Euh… aucune idée.

Je vois bien qu'elle me ment, mais je ne dis rien. À la place, je suis son regard nerveux qui me désigne l'entrée. Je me dirige donc vers la porte et tombe sur Savannah et Marcus, enlacés dans un coin du vestiaire. Elle a posé sa tête sur son épaule. Quand Marcus m'aperçoit, il lui murmure quelque chose et elle fait un bond comme si elle s'était brûlée.

– Salut, Gem !

– Quoi de neuf ? dis-je comme si de rien n'était. Tu en fais, une tête ! On dirait que tu as assassiné Tess et que tu cherches à cacher le corps.

Savannah prend un air coupable.

– C'est pire que ça, affirme-t-elle en m'attirant à l'écart.

– Ne me dis pas que tu as vendu notre amie à la mafia russe !

J'essaie de prendre un ton léger, mais son air sérieux m'inquiète. Elle presse ses doigts sur ses tempes comme pour stabiliser son cerveau.

– Je suis désolée, gémit-elle. Je t'en supplie, ne me tue pas.

– Je vais le faire si tu ne me dis pas tout de suite ce qui se passe.

Elle prend une longue inspiration et expire lentement.

– Savannah ?

– J'aicraquépourMarcusetjecroisquecestrécipr oque, débite-t-elle d'une traite.

Heureusement que je comprends le savannien. Je répète lentement.

– Tu as craqué pour Marcus et tu crois que c'est réciproque ?

– Excuse-moi, Gem. Je sais que tu l'aimes bien, mais c'est arrivé comme ça… Il a… et j'ai… Je suis tellement désolée.

Je jubile, mais je me retiens de courir dans l'entrée en hurlant de joie. Je me contente de sourire tandis que la pauvre Savannah continue à se justifier.

– Écoute, Gem, j'ai surpris Leo et ses copains en train de se moquer de moi.

Mon sourire s'efface aussitôt.

– Il se moquait de moi parce que je l'aimais. Il parlait de moi comme d'une gamine de maternelle, et ça m'a vraiment secouée.

Elle est au bord des larmes.

– Il a été si gentil.

– Qui ? Marcus ?

– Oui, pas Leo ! Lui, c'est tout le contraire, c'est un sale type. Je me demande ce qui a pu me plaire en lui. Dire que Jessica Jupiter a encore vu juste ! Pas la peine de poursuivre un rêve américain quand on a devant soi un muffin anglais aussi délicieux, dit-elle en souriant à Marcus, avant de se rappeler son crime.

– Oh ! Gem, je suis tellement, tellement désolée.

– Idiote.

Elle n'en revient pas.

– Combien de fois je t'ai dit qu'il ne m'intéressait pas ?

Elle acquiesce bêtement.

– Il ne m'intéresse pas. Dans quelle langue dois-je te le dire ?

– C'est vrai ? demande-t-elle, pleine d'espoir. Mais pourquoi ? Il est génial !

– Je sais mais, toi aussi, tu es géniale, vous êtes faits l'un pour l'autre.

Je la fais pivoter et la renvoie vers Marcus, qui lui ouvre ses bras.

– « Une union bénie des dieux », dit-elle amoureusement.

– Merci, Gemma, d'être aussi cool, me lance Marcus.

– De rien.

Je me dirige vers la sortie.

– Où vas-tu ? interroge Sav.

– Chercher Tess, je réponds sur le ton assuré d'une maman veillant sur ses petits.

Quel bonheur ! Jessica est une super-entremetteuse et je suis une brillante journaliste. Peu importe que j'aie pris des perruques pour de la drogue, puisqu'on a coincé un homme d'affaires véreux.

– Gemma ! Te voilà enfin ! Tu as été incroyable !

Tess me court après, suivie par Jeff. Serait-elle déjà au courant de l'histoire des perruques ? Comment peut-elle savoir que j'ai joué un rôle là-dedans ?

– J'ai halluciné quand je t'ai vue sur la scène ! Avec le tambourin ! Tu étais divine ! Je ne savais pas que tu faisais partie du groupe. Raconte-moi tout !

Je lui empoigne le bras.

– C'est une longue histoire.

Jeff nous dépasse et nous ouvre la porte de la sortie. Il fait nuit noire.

– Allez, vas-y, raconte !

– D'accord, mais accroche-toi parce que c'est complètement délirant !

20

Lundi matin, pendant mes deux heures de maths habituelles, je pense déjà à cet après-midi. Dès la sonnerie, je foncerai vers la salle de rédaction pour planter notre drapeau victorieux. J'ai envoyé par mail mes photos et mes notes à Will, il a écrit l'article et, à l'heure qu'il est, Cindy a déjà dû le recevoir. Des tas de questions me trottent dans la tête. Et si notre article était sélectionné par un journal local, voire national ? Ça y est, je me vois dans une salle de rédaction londonienne en train d'entendre : « Gemma Stone, la plus jeune lauréate du prix du Journalisme international. » Et puis la voix de M. Baxter me ramène sur terre.

– Gemma, as-tu terminé ?

Je prends mon stylo pour faire les exercices.

– Presque.

Il me reste cinq problèmes à résoudre alors que la fin du cours approche. Heureusement, mon esprit met le turbo et, à la sonnerie, j'ai fini.

Je fais un petit signe à Savannah et à Tess, qui rangent leurs affaires.

– Je vous appelle ce soir !

Will est déjà dans la salle, en train de poser des photocopies de notre article sur chaque bureau.

– Alors, c'est bien ?

J'attrape un exemplaire, trop contente de voir le résultat noir sur blanc.

– Pas mal, fait-il en se rasseyant.

Scandale au night-club de la ville,
par Will Bold.

Par.. Will Bold ! Mon nom n'apparaît pas. C'est un coup de poignard.

Une virée au Sounds vendredi soir révèle un trafic de marchandises volées.

Je reconnais la photo que j'ai prise de Benbow, où on voit Wiggins penaud comme un gamin qu'on aurait surpris en train de voler dans le porte-monnaie de sa mère.

Une cargaison de perruques a été découverte par le journaliste Will Bold, qui a réussi à s'infiltrer dans les locaux du club. Grâce à la perspicacité de Bold, la police a mis la main sur un trafic d'envergure.

Sam entre, pose ses affaires et commence à feuilleter l'article.

Près d'une centaine de GPS et d'appareils électroniques ont été saisis dans les coulisses du club pendant le concert du groupe Hardwire.

– Merci de nous avoir cités, Will, fait Sam en s'asseyant.

– De rien.

Et moi ? Pourquoi ne suis-je pas citée ? Après tout, c'est moi qui ai entendu le coup de fil douteux de Wiggins et qui ai appelé la police pendant que Will était séquestré par le gorille.

Les policiers ont retrouvé des douzaines de sacs contenant des produits volés. Deux hommes âgés de cinquante-cinq et de trente-deux ans ont été arrêtés pour vol et recel de marchandises, puis relâchés sous caution en attendant les développements de l'enquête.

Toujours rien sur moi. Will a l'air très content de lui.

– Merci pour le mail, Will. C'est un bon papier, le félicite Cindy en se perchant sur son bureau.

Elle s'évente avec l'un des exemplaires.

– Ça valait la peine d'attendre, non ? demande Will, qui n'en peut plus.

– Will, déclare Cindy en battant des cils comme si elle s'adressait à Sam, tu es génial. Je ne sais pas ce que le webzine deviendrait sans toi. C'est grâce à ton courage et à ton intégrité que nous pouvons exister. À partir de maintenant et jusqu'à la fin des temps, tu seras mon héros.

Elle secoue ses longs cheveux, puis reprend sa posture de Reine des glaces avant d'ajouter :

– Personne d'autre n'a envie de caresser l'ego de Will ? Moi, je n'ai que deux mains.

Will la fusille du regard tandis que Jeff entre à son tour.

– J'ai raté quelque chose ?

– Will a des ailes, mais Cindy vient de les lui couper, explique Sam.

– Rien de nouveau, donc.

– C'est un bon scoop, reprend Cindy, d'ailleurs le journal local va publier l'article, ce qui va nous faire de la pub.

Le journal local ! J'en étais sûre ! Sauf que je n'y serai pas. À cette pensée, je m'affaisse sur ma chaise. Mon nom n'apparaîtra nulle part.

M. Hariss déboule en criant :

– Félicitations ! Bel article, Will !

– Moi aussi, j'ai travaillé dessus, dis-je malgré moi.

M. Hariss balaie la salle du regard et finit par m'apercevoir.

– Oh, Gemma ! C'est pour ce papier que tu as aidé Will ? Tu dois être vraiment contente, alors ?

Mais est-ce que quelqu'un va finir par admettre que j'étais sur le coup, moi aussi ? Comme on n'est jamais mieux servi que par soi-même, je me lance :

– J'y étais, vous savez ! Quand ils ont arrêté Wiggins !

– Au club ?

– Oui, pendant la virée.

M. Hariss fronce les sourcils.

– Ce n'est vraiment pas prudent. Je ne veux pas que vous preniez le moindre risque au nom du webzine, fait-il en se tournant vers Will. J'espère au moins que tu as fait attention à Gemma ?

– Bien sûr, je ne l'ai pas quittée d'une semelle.

– Vous avez raison, monsieur Harris, renchérit Cindy, il vaut peut-être mieux que Gemma s'en tienne à la rubrique Beauté, à l'avenir.

Je commence à comprendre leur manège : Will ne supporte pas l'idée d'avoir été aidé. Quant à Cindy, elle préfère que je continue à écrire son fichu horoscope dans l'ombre.

– Bien, on en a terminé pour aujourd'hui, conclut Cindy en saisissant son sac. On parlera des prochains articles mercredi.

Évidemment ! Elle préfère jouer au tyran quand M. Harris n'est pas là.

Tout le monde sort et je reste seule, scotchée à ma chaise comme si c'était la fin du monde.

– Alors, comme ça, tu étais sur le coup ?

C'est Sam. Il est encore là. Je sors de ma pénombre intérieure.

– Oui, j'y étais.

– Wouah ! Tu as dû avoir peur.

Je fixe mes chaussures.

– Non, c'était plutôt excitant. J'ai eu un peu peur parce que je croyais qu'il trafiquait de la drogue et, quand le videur a attrapé Will, j'ai bien cru que notre dernière heure avait sonné, mais heureusement j'ai pu appeler la police.

– C'est toi qui as prévenu les flics ?

– Oui. J'avais surpris Wiggins au téléphone, le vendredi où tu m'as fait visiter les coulisses.

Sam se frappe le front.

– Les coulisses ! Ça explique pourquoi tu voulais tant y aller !

– Ben oui, je réponds en enroulant une mèche autour de mon doigt. J'espère que tu ne m'en veux pas. Will m'avait demandé d'y faire un tour et, quand j'ai entendu Wiggins au téléphone, on a décidé de revenir sur place enquêter.

– Alors c'est pour ça que tu étais avec lui ! s'écrie Sam, les yeux pétillants. Tu l'aidais à écrire son papier !

– Tu ne crois quand même pas que je serais restée avec lui pour ses beaux yeux !

– Ils ne sont pas mal, ses yeux, proteste Sam.

– Mets-toi dans la peau d'une fille de quatrième qui aurait affaire à lui, et tu comprendras !

– Je suis obligé ?

– Mais non ! dis-je en riant.

– Au fait, j'ai adoré ton solo, dit-il en attrapant son sac.

– Mon solo ?

J'avais oublié mon numéro de tambourin…

– Désolée, j'essayais d'échapper au videur.

– Pas mal comme cachette, la scène, je n'y aurais pas pensé.

– Je ne recommencerai plus, promis.

– Dommage.

Nous sortons de la salle côte à côte.

– Au fait, j'ai deux places pour le concert des Spider Monkeys ce week-end et je me demandais si tu aurais envie de venir avec moi, me propose Sam en évitant mon regard.

– D'accord, je réponds, soudain ravie. Ce serait génial.

– Je passe te chercher samedi à 7 heures.

21

– Sam t'a demandé de sortir avec lui ? s'écrie Savannah en manquant de renverser son sac.

– C'est juste un concert.

– Tu en es sûre ? demande Tess.

Nous faisons la queue au stand de pop-corn du cinéma. Le jeudi soir, il y a toujours une comédie romantique. Marcus et Jeff sont de la partie, ce qui fait de moi la seule célibataire du groupe. En vérité, je ne voulais pas venir, mais mes copines ont insisté.

– Ce ne sera pas pareil sans toi, Gem, m'a suppliée Tess.

– Tu es le troisième Mousquetaire, a renchéri Sav.

– La cinquième roue du carrosse, plutôt, ai-je marmonné.

Du coup, j'ai demandé son avis à maman.

– Elles t'ont demandé d'y aller, alors vas-y.

– C'était pour être gentilles.

Mais Ben aussi s'en est mêlé.

– Tess et Savannah sont tes amies, tu dois y aller.

Donc j'y suis. Et je tiens la chandelle.

– Je te dis qu'il veut sortir avec toi, insiste Savannah.

– Je ne vois vraiment pas pourquoi. Cindy est folle de lui.

– Mais lui, il n'est pas fou de Cindy.

– Pas encore.

Je revois Cindy en réunion, couvant Sam du regard comme un chat des poissons dans un aquarium, attendant le moment opportun pour mettre la patte sur sa proie.

– Alors pourquoi il ne lui a pas proposé, à elle ? continue Sav.

– Parce qu'on ne peut pas parler dans un concert. En plus, on n'y voit rien. Il préfère sûrement emmener Cindy dans un endroit plus intime.

– Je vois ce que tu veux dire, Gem. C'est vrai qu'un concert ce n'est pas très romantique, mais…

– Il veut juste y aller avec quelqu'un pour écrire un papier sur les Spider Monkeys.

– Alors tu crois que tu vas prendre des notes ? tailler son crayon ? Arrête un peu, Gem ! fait Savannah.

– C'est vrai, ça, arrête ! Tu veux nous faire croire et te faire croire que tu ne présentes aucun intérêt ! Pourquoi n'aurait-il pas simplement envie de sortir avec toi ?

– Tu as des cheveux somptueux et cette façon d'être belle sans le savoir. Les garçons adorent ça. Je te dis qu'il veut sortir avec toi !

Alors le garçon le plus sympa et le plus mignon de seconde pourrait avoir envie de sortir avec moi, Gemma Stone ? J'entends déjà les commentaires de Jessica Jupiter :

Trésor, arrêtez de faire papier peint. Si vous voulez apporter un peu de couleur dans sa vie, ne soyez plus invisible et profitez !

– Bon, on peut parler d'autre chose ?

Quand notre tour arrive, je commande un hot-dog en plus du pop-corn. L'avantage, quand on est célibataire, c'est qu'on peut manger tout ce qu'on veut. De la moutarde, même des oignons. Tess et Sav surveillent leur haleine mais, pour moi, pas de problème.

Savannah jette un regard dégoûté à mon hot-dog.

– Je ne sais pas comment tu fais pour manger cette horreur, tu sais qu'il y a des oreilles et des nez d'animaux, là-dedans ?

– Tant mieux, c'est ce que je préfère, je rétorque en mordant dans mon sandwich et en me faisant une moustache de ketchup.

Mais soudain les yeux de Savannah s'assombrissent.

– Oh non ! Tu avais raison, Gem, s'exclame-t-elle en regardant vers l'entrée du cinéma.

Sam est en train d'ouvrir la porte à Cindy, qui passe devant lui, suivie de Barbara. Sous le choc, Tess recrache sa gorgée de Coca.

– Ne te fais pas de film, Gem ! On ne sait pas s'ils sortent ensemble.

Tu parles ! Cindy porte un jean slim magnifique et Sam a les cheveux pleins de gel. Et voilà que les trois viennent vers nous. Je ne sais plus quoi faire de mon hot-dog, du coup je le jette dans la première poubelle venue.

– Salut, fait Sam en m'adressant un grand sourire.

– Hello, Jeff, dit Cindy sans nous accorder un regard. Tu sors avec les petits, maintenant ? Les quatrième, faut les surveiller !

– On se surveille très bien toutes seules, riposte Tess du tac au tac.

– C'est de l'humour de troisième, plaisante Jeff en prenant Tess dans ses bras. Ne fais pas attention.

– Oh ! Cindy, s'esclaffe Barbara, ce que tu es drôle !

Sam ne me lâche pas des yeux.

– On va voir quel film, Cindy ?

– Je n'en sais rien, répond-elle, c'était l'idée de Will.

Et bien sûr, Will arrive à grands pas.

– Vous avez les billets ? demande-t-il.

– On ne sait même pas quel film on va voir, répond froidement Cindy.

– Je te l'ai dit, pourtant. C'est une soirée cinéma d'auteur et c'est une occasion à ne pas manquer. On va voir *Le Cuirassé Potemkine*.

– C'est un film de guerre ? questionne Sam.

– Un grand classique d'Eisenstein, de 1925, le corrige Will.

– Tu veux venir voir *MegaBomber* avec nous ? propose Jeff à Sam. Au moins, c'est du cinéma parlant.

– Vous allez tous voir ça ? demande Sam.

– Non, seulement les garçons, dis-je. Nous, on va voir *Cœurs perdus à Manhattan.*

Nos regards se croisent, mais que se disent-ils ? Will se tourne vers Cindy.

– Je parie que tu veux voir le film de filles ?

– Pourquoi ? Parce que je suis blonde ? Et qui dit blonde dit sans cervelle ?

– Eh bien, moi, je n'ai pas de cervelle ! lance Sam en se dirigeant vers la file pour *MegaBomber.* Qui est partant ?

Will, Cindy et Barbara secouent la tête. Sam regarde Jeff.

– Je peux me greffer à vous ?

– Bien sûr, fait Jeff. Au fait, je te présente Marcus.

– Tu es dans la classe de Gemma, non ?

– Oui.

– C'est mon copain, précise Savannah fièrement.

– Il a de la chance, répond Sam sous le regard furieux de Cindy.

Will s'impatiente.

– Alors Cindy, prête pour Eisenstein ?

– À fond ! dit-elle.

On les abandonne et on se dirige vers la salle numéro 5.

– Hé, attendez-moi ! s'écrie Barbara.

Oh non !

– Je viens avec vous.

– Et Cindy ?

– Elle préfère le film muet mais, moi, je vais m'endormir dès le début, je me connais.

C'est la première fois qu'elle fait preuve d'indépendance. Et je dois avouer qu'elle m'impressionne.

– D'accord, viens avec nous, lui dis-je.

– Amusez-vous bien, les garçons ! lance Savannah par-dessus son épaule.

– Au fait, Gemma ! s'écrie Jeff, essuie ta moustache de ketchup !

Je me fige. Pas étonnant que Sam ne m'ait pas quittée du regard ! Morte de honte, je gronde Tess :

– Tu aurais pu me le dire !

– Tu étais trop mignonne avec, me répond-elle en poussant la porte de la salle. Et, d'après ce que j'ai pu voir, Sam aussi t'a trouvée adorable !

Prochainement...

Une nouvelle aventure de

Jessica Jupiter

alias Gemma Stone !

Composé par Nord Compo Multimédia
7, rue de Fives, 59650 Villeneuve-d'Ascq

Achevé d'imprimer en mai 2013
par CPI Firmin Didot au Mesnil-sur-l'Estrée
Dépôt légal : mai 2013. N° 109904-1 (116800)

Imprimé en France